불량아빠
유부일기

불량아빠
유부일기

초판 1쇄 발행 2015년 7월 30일

지은이 임대진
펴낸이 이지은
펴낸곳 팜파스
기획편집 김소현
디자인 박진희
마케팅 정우룡
인쇄 (주)미광원색사

출판등록 2002년 12월 30일 제 10-2536호
주소 서울시 마포구 어울마당로5길 18 팜파스빌딩 2층
전화 02-335-3681   **팩스** 02-335-3743
홈페이지 www.pampasbook.com | blog.naver.com/pampasbook
이메일 pampas@pampasbook.com

값 12,800원
ISBN 979-11-7026-018-9 (03810)

이 도서의 국립중앙도서관 출판예정도서목록(CIP)은 서지정보유통지원시스템 홈페이지
(http://seoji.nl.go.kr)와 국가자료공동목록시스템(http://www.nl.go.kr/kolisnet)에서
이용하실 수 있습니다.(CIP제어번호: CIP2015018360)

반전 가득! 유쾌 발랄!
코믹 서스펜스 육아일기

불량아빠 유부일기

글·그림 임대진

팜파스

깨알부록

요건 몰랐지? 앙~
엄마 아빠를 위한 유부일기 캐릭터 팬시

건망증, 깜빡임 방지용 '어머! 메모지'
'여기까지 보셨어요' 책갈피 | '노크해 주세요' 알림판
'아기가 타고 있어요' 알림판 | 가족 명언(자녀/육아, 사랑/행복)

DANGER

WARNING

본 책으로 인해 남편에게 분노하거나

남편의 비밀을 캐낼 수도 있습니다.

하지만 본 책은 어디까지나

서스펜스 육아 에세이일 뿐입니다.

유부일기 가족 소개
+
들쭉날쭉 프롤로그

**유부남의 반전 매력에
빠져볼 텐가?**

방송국도 다녀봤고,

IT 회사도 다녀봤고,

지금은 **잘나가는(?) 광고회사 사장님.**

꿈은 돈 잘 버는 사업가.

질풍노도의 30대 중반.

마음만 먹으면 20대 중반 스타일링이

가능하다고 믿고 있는 중….

⁊ 잔망스러운 구라임 가족 소개

: 구라임 :

다음 스토리볼에서 유부일기 연재 후,
구독자들의 뜨거운 관심과 악플을
동시에 얻었음.

: 와이프 :

날 디스 하는 것뿐이 없네?(뿌직)

: 순덕이 :

까까 줘~

돼랑이 똥꼬
시골 귀향중...

: 똥꼬(고양이) :

시골로 유배감….ㅠㅠ

온라인에서 만나는 유부일기

유부일기 카카오스토리

https://story.kakao.com/ch/gooraim

"친구해줘잉~~"

"친구해줘잉~~"

책이 나온 것도 놀랍지만
더 놀라운 건 이 그림이 카톡 이모티콘도 있다는 사실!!
카카오톡 아이템스토어에서

"막 움직여요~"

검색

검색

검색

검색

검색

검색

내 마음 아직 오빠인데…

"저기 학생!"

"아니요.
아저씨 말고 저기 학생…."

아….

별 건 아니지만,

받아줄래?

웰컴 투 헬게이트~

어서 와 아빠
육아는 처음이지?

아내가 임신했다.
설레면서도 낯선 이 기분.
덜덜덜.

PART 01

임신부터
출산

우리 이제 정말로
엄마, 아빠 되는 거임?

아빠®

하늘은 아내를
돕는 자를 돕는다.

' 붕어빵

여기가 코고, 여기가 눈,

손가락이랑 발이랑 보이시죠?

코가 아빠 닮았네요.

입도 아빠 닮았고,

건강하게 잘 자라고 있습니다.

한번 보세요.

.

.

.

.

.

20

나랑 닮았다고요?
착한 사람한테만 보이는 그런 건가요?

생각하는 아빠

내 아이의 이름을 짓는 거만큼

고민스러운 일이 또 있을까?

수십, 수백 개의 이름을 후보로

놓고 고민을 한다.

부모님께 **효도**한 위인(?)의

이름은 어떨까?

·

·

·

·

·

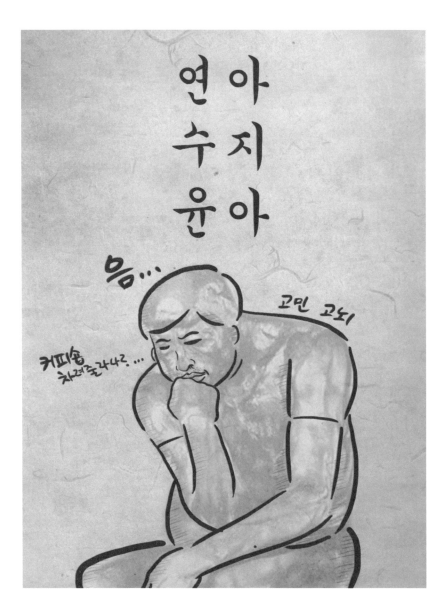

연아, 수지, 윤아, 유리, 현아.
다들 잘 되서 나중에 효도하더라고….

〝 아빠의 특훈

이것은 진짜 남자의 훈련!

학창시절의 **극기 훈련**,

군인시절의 **유격**,

그런 건 진짜 사나이의 훈련이 아니다.

이것이야말로 **진짜 남자의 훈련!**

.

.

.

.

.

임신한 아내 체험~

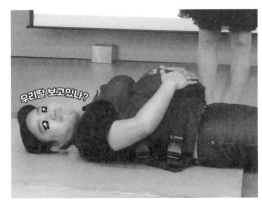

드래곤볼 무천도사의 특훈 같은 느낌.
임신한 배는 무겁더라.

와이프,
고생했어.

일부 지역 보건소에서 임신부 체험을 신청할 수 있다.
예비 아빠들에게 강력 추천함.

⁊ 근면함

일찍 일어나는 새가 벌레를 잡는다.

- 서양속담

노력할수록 행운이 따른다.

- 토머스 제퍼슨

게으름뱅이의 손에 누가 권력이나 명예를 안겨줄까.

- 힐티

베이비페어에 일찍 가서 줄을 서면 기념품을 받을 수 있다.

- 애 아빠 -

오픈 한 시간 전 줄서기.
진심으로 보람차다! (진짜로 기쁘다!)

유부의 꿀팁

베이비페어에서는 선착순으로 물티슈 등 유용한 용품을 선물로 준다. 여기서 포인트는 당신이 빠르다고 생각하는 것보다 훨씬 빨리 가야 득템할 수 있다는 것이다.

⸜ 만삭기념 사진

강화도 바닷바람과 함께한

셀프 만삭 사진.

"남편~ 나 꼭 바람의 **여신** 같지?"

"나 예쁘게 찍고 있지? 예쁘게 나와야 해. 평생 추억이니깐!"

.

.

.

.

.

.

.

최선을 다하고 있긴 한데….

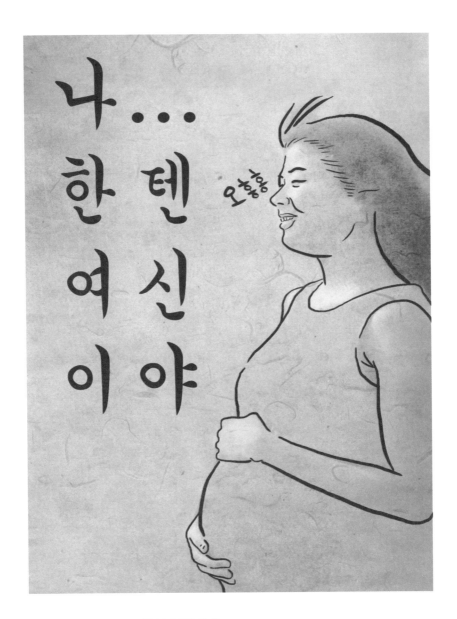

　수박이 싫다

'호박에 줄 긋는다고 수박 되나?'

이건 수박이 더 예쁘다는 뜻이겠지?

하지만 지금은 수박이 되면 큰일 난다.

지금은 호박으로 유지하는 것이 관건!

수박이 된다면 그것 역시

남편 책임이다.

.

.

.

.

.

와이프.
로션 마사지 자꾸 까먹어서 미안해용….

』천국

지금이 천국이라고

말할 수 있는 순간이

몇 번이나 있을까?

로또에 당첨된 순간?

시험에 합격한 순간?

난 당당히 지금이라고 말하겠다.

이건 나에게 **신세계**다.

.

.

.

.

.

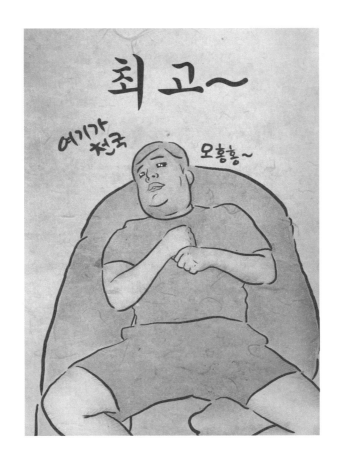

유트러X, 이건 남자들도 써봐야 해.
최고!

유트러X 바디 필로우: 임산부들의 핫 아이템!
남자들에게도 와이프 몰래 써보길 권해본다.

⌐ 늦은 후회

"뭐 사와?"

"뭐 먹고 싶어?"

"뭐 필요한 거 있어?"

그녀가 임신 중이라면

당신은 무조건 해내야 한다.

'그때 그렇게 할걸'이라며

나중에 후회해도 소용없다.

.

.

.

.

.

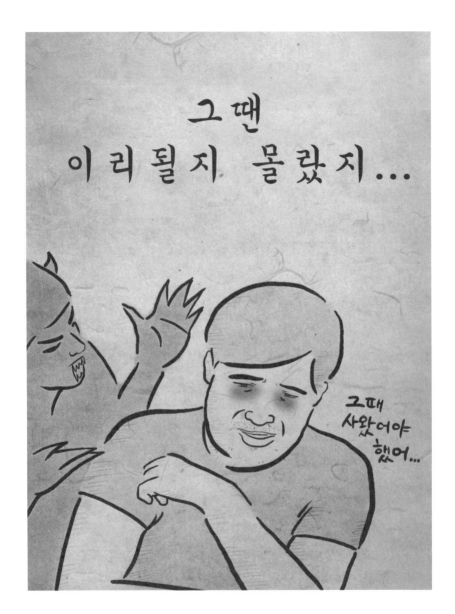

아님 나처럼 된다.
아마도 10년은, 아니 어쩌면
평생 갈 거 같다.

질량보존의 법칙

배가 나올수록 몸무게는 늘어간다.

잔소리도 늘어가고,

짜증도 늘어가고,

화도 늘어가고,

우울함도 늘어가고,

하튼, 이래저래 늘어간다.

이제 멀지 않았나 보다.

 와이프~ 짜증 부려도 사랑해~♡ 오호호!

.

.

.

.

.

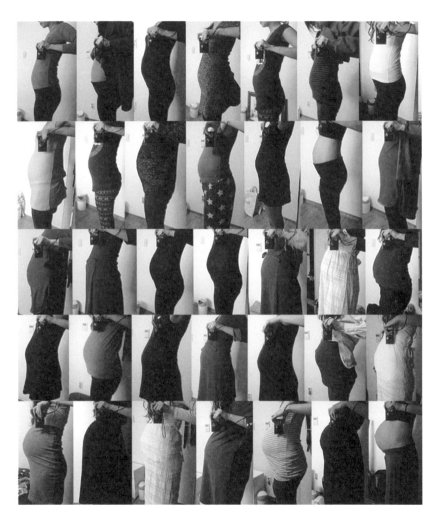

카운트다운 시작!

(이 사진을 동영상으로 만들어보면 감격스럽다ㅠㅠ)

⁊ 시한폭탄

그냥 눈치만 보고

시키는 대로만 해야 한다.

숨을 쉬는 것조차 조심스럽고,

가만히 있는 것조차 죄스럽다.

.

.

.

.

.

유도분만 이틀째.

빨리 나오렴.

〞 탄생

우리는 어느새 유부남, 유부녀가 되고,

또, 엄마 아빠로 레벨 업을 하게 되었다.

Before 임신 중

After 출산 중

그리고 2013년 여름!

감격스럽게도
고구마를 낳았다.

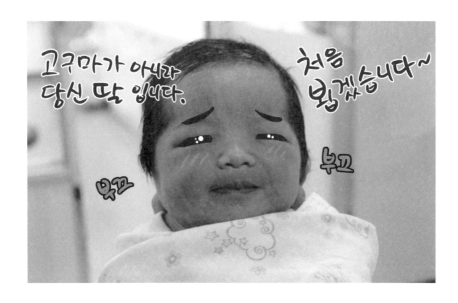

▐ 육아 명언

육아를 몇 사람이
분담하지 못할 이유는 없다.

- H. R. 셰퍼 -

명언에도 나와 있잖아⋯.

당신은 이제부터 애 아빠.
이상하게 자꾸 회사가
집보다 편해진다.

PART 02

신생아부터 첫돌

이제부터가 진짜 신세계….
겁먹지 마. 살려는 드릴게~~

엄마®

내 말을 잘 들으면
자다가도
떡이 생겨요.

〟 아빠의 상상은 반대가 된다

내가 얼굴은 크지만

쌍꺼풀은 좀 예쁜 편이지.

와이프는 눈은 바늘구멍이지만

그래도 얼굴도 작고, 키도 크니깐!

눈은 내 눈에 와이프의 작은 얼굴.

흠, 우리 딸 연예인 시켜야 하는 거 아냐?

후후후~

.

.

.

.

.

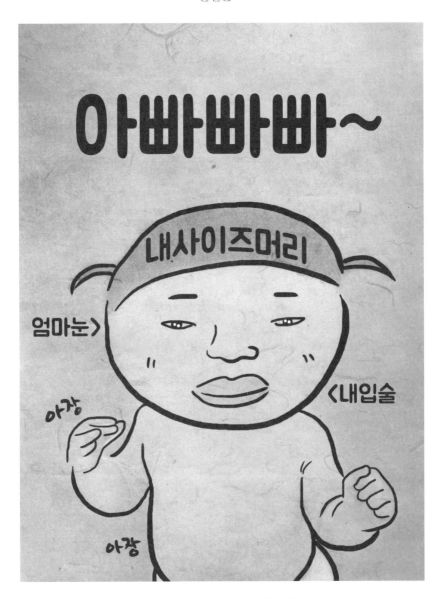

와이프가 그려준 딸 얼굴.
그래도 내 눈엔 딸이 제일 예뻐!

⹅ 덜덜덜

나도 떨리고, 그녀도 떨고 있다.

나 못지않게 그녀 역시 많이 불안한 눈치다.

조심, 조심, 조심,

부들, 부들, 부들,

내 평생 이렇게 떨려보긴 처음이다.

.

.

.

.

.

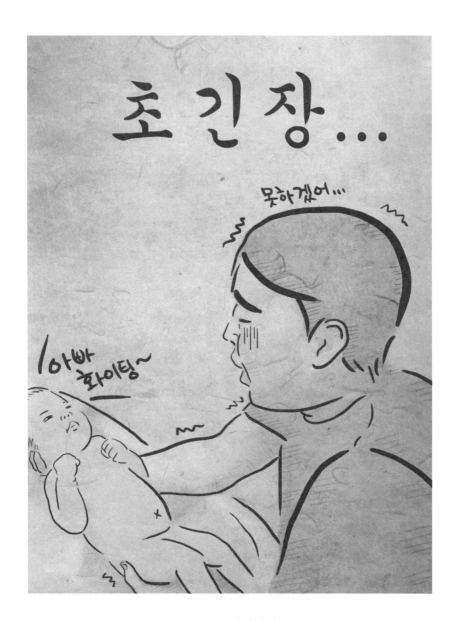

목욕시간
후덜덜~
매번 긴장됨.

그림 같은 미모

팔불출이 아니라

우리 딸은

정말 그림처럼 예쁘다.

아무리 부인하려 해도,

이건 진실이다.

.

.

.

.

.

그림 같은 미모

이 그림처럼 예쁘다….

범인 검거

누구야?

누가 우리 공주님 얼굴에

스크래치를 해놨어?

누구냐고??

우리 딸은 얼굴이 생명인데

내가 가만두지 않겠어!

.

.

.

.

.

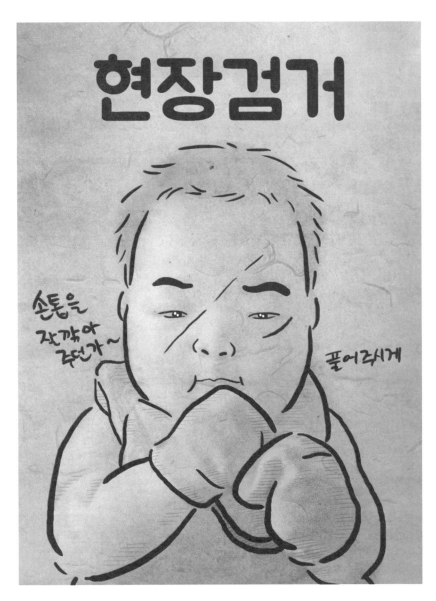

범인에게는
수갑 대신 손싸개를….

⁊ 감정이입

제목 **감정이입**

부제 **왜 네가 입으로 쮸쮸 소리를 내냐?**

우리 딸,
알고 보니 유명 CF모델이랑
붕어빵이었네~
역시 우리 딸!
글로벌 모델이라니! 후훗~

.
.
.
.

엠보싱이 엄청나다!

❞ 웃음제조기

매일 아침 시작되는 **상사의 잔소리,**

끊임없이 전달되는 **업무 메일,**

공기마저 답답한 이곳에서

나는 웃고 있다.

그렇게 나는 하루 **열 번**이고

백 번이고 잠시 웃는다.

.

.

.

.

.

와이프가 보내주는
나만의 비타민♡

✂ 절약

겨울옷은 몇 번 입을 일도 없고 비싸다.

몇 년을 입혀야 하니

넉넉한 사이즈로 골라본다.

그리고 드디어 피팅 시간….

두근두근!

·

·

·

·

·

음...

2년째 아직도 크다.
침낭이라 **생각**하면 된다.

❞ 사진은 셀프

세상에 많은 '셀프' 중
가장 흥미로운 '셀프'는
셀프 카메라.
그리고 엄마 아빠가 준비하는 100일 셀프 사진.

준비물 : 두루마리 휴지, 풍선, 이불, 엄마 아빠 옷 몇 개 등등.

그리고 가장 중요한 준비물!

자고 있는 아기

아기자기한 소품,

맛있는 떡,

빨간 풍선,

잘 배열된 돈뭉치,

그리고 웃고 있는 우리 딸.

하지만 현실은…

와이프 짱♡

⁊ 생이별

사랑하는 남자친구의 **입대,**

아이들과 떨어져 지내야 하는 **기러기 아빠,**

누군가의 **유학** 또는 **해외 근무.**

우리는 이렇게 간혹

원치 않는 이별을 해야 할 때가 있다.

매일 매일….

.

.

.

.

.

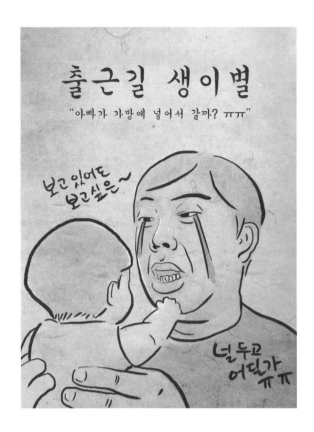

출근길에 느끼는 해방감 ㅋㅋㅋ -쌍둥이 아빠-
⤷ **구라임Say** 저도 사실, 주말에 출근하고 싶을 때가 가끔 있어요.

👤 제가 어렸을 때 울 아빠도 이랬다고 하던데. 사랑해요! 아빠~
⤷ **구라임Say** 제 그림과 글로 감동(?)받으시는 분은 처음입니다.

👤 우리 딸은 손에 뽀뽀해서 아빠 주머니에 넣어줍니다.
⤷ **구라임Say** 대박! 나도 우리 딸한테 그 뽀뽀 받고 말테다!

끄적끄적 한마디
남자도 육아휴직 가능합니다. 하지만 영원히 휴직할 수 있습니다.

⌐ 주말 아빠

드디어 주말이다!

거친 사회에서 잠시나마 떨어져

사랑하는 와이프,

그리고 금쪽같은 자식과 함께할 수 있는 시간.

너무나도 소중한 이 시간을 즐기고 싶다.

난 주말에 진짜 아빠가 된다.

.

.

.

.

.

아, 진짜 완전 공감가요. ㅋㅋㅋ

↳ **구라임Say** 주말에도 가끔 부장님이 보고 싶을 때가 있죠.

13.2킬로짜리 파워풀한 남아도 있어요. 7킬로면 꽃이죠.

↳ **구라임Say** 여러분~ 우리 집에 똥 싸는 꽃이 있어요.

끄적끄적 한마디

엉덩이를 실룩 실룩 바운스 하다보면, 어쩌면 아주 어쩌면 애를 재울 수 있다.

(확률은 로또)

』 자랑

새로 구입한 신상 백 자랑,

휴가 때 다녀온 하와이 이야기,

잘나가던 왕년 스토리~

그중 애 엄마, 애 아빠 최고의 자랑은

.

.

.

.

.

맞아. 나도 몇만 장.ㅋㅋㅋㅋㅋ 근데 남한테 자꾸 보여주진 말자. 나도 남의 애 관심 없음. 남들도 다 똑같음.

↳ **구라임Say** 뜨끔합니다. 전 아직도 아무 이유 없이 친구한테 카톡으로 딸 사진 보내요.

👤 요즘 할머니들은 손자 손녀 자랑하려면 천 원씩 내고 해야 한다고 합니다. ㅋㅋㅋ

↳ **구라임Say** ㅋㅋㅋ 할머니들은 돈을 내고라도 자랑할 듯.

끄적끄적 한마디
이상하게 페북보다 카스가 편하고, 카톡 프로필 사진에 나 대신 딸 사진을 넣고 싶어져.

』완전군장

내 나이 어느덧 30대 중반,

하지만 아직도 나의 완전군장은

끝나지 않았다.

(심지어 군인 때보다 더 무겁다.)

.

.

.

.

.

아이 하나로 약한 척 마라! 진정한 육아는 둘부터 시작이다!

↳ **구라임Say** 아이 셋인 분이 한마디 하시겠어요~

애송이들. 셋은 낳아봐야 안다. 안고, 업고, 이고.

↳ **구라임Say** 웃⋯. 나 적중!

끄적끄적 한마디

쇼핑하러 가면 옛날 행군이 생각나⋯.

🖍 외출 준비

아끼는 모자,

어려 보이는 후드 티셔츠,

오늘은 분명 아저씨 스타일이 아니다.

영가이 스타일이랄까? 후후~

.

.

.

.

.

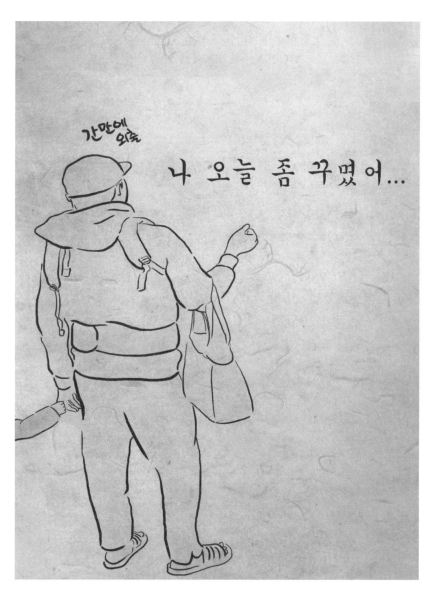

〟어메이징 스토리

혹자들은 머리숱을
많게 하기 위해 시도한다고 한다.

그리고 그 결과는
정말 서프라이즈하기 그지없다.

이것은 딸이 아들이 되는 마법과 같은 행위….

태어나 처음 온 미용실

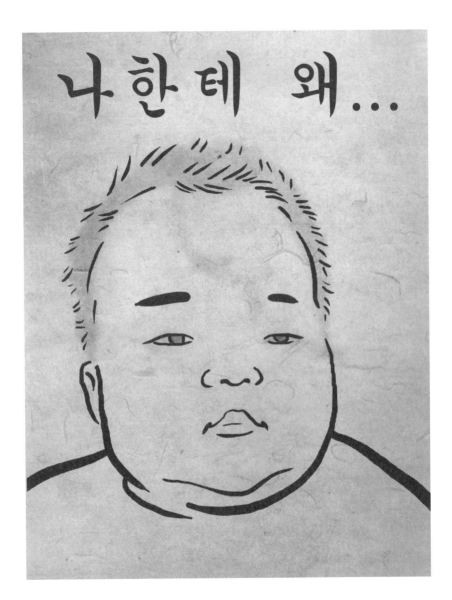

우리 공주 1세
강호동 아님….

🥇 리본의 효과

어떡하지? 우리 딸♡

아 역배우 시켜야겠다.

그럼 난 회사 관두고,

매니저 해야 하나?

아, 이러다 나중에

딸 덕에 호강하는 거 아닌지 몰라~ㅎㅎㅎㅎ

.

.

.

.

.

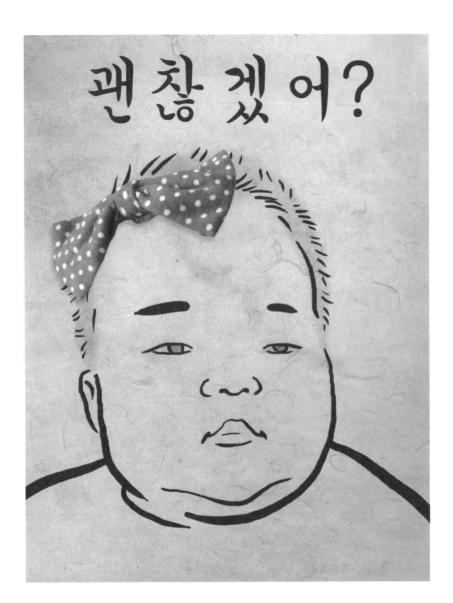

세상의 모든 아빠는 그러하다.

7 미안

결혼을 하니 철이 드는 걸까?

가족들이 더욱 소중하고 늘 미안하다.

엄마 아빠, 효도 한번 못 해서 미안해요.

와이프, 더 다정한 남편이 되지 못 해 미안해.

그리고

사랑하는 우리 딸!

.

.

.

.

.

딸과 아빠가 함께 공감하는 비극인 듯. ㅋㅋㅋ

↳ **구라임Say** 다 자라면 자기 머리가 왜 이렇게 큰지 알게 될 듯….ㅠㅠ

애기 때 머리가 커야 나중에 머리가 좋다니 좀 더 클 때까지 기다려 보세.

↳ **구라임Say** 그럼 내가 서울대 나왔게?

끄적끄적 한마디

첫째 딸은 아빠 닮는다는 말이 많다. 어쩐지 미안해.

두 시간

성공하면

나에게 두 시간이라는 보상이 생긴다.

게임을 할 수도 있고,

보고 싶었던 영화를 볼 수도 있다.

놓칠 수 없는 기회,

꼭 성공해야만 한다.

.

.

.

.

.

우리 신랑이랑 똑같은 이유로 아기를 재우시는군요.
↳ **구라임Say** 거의 90퍼센트 이상의 아빠가 같은 이유를 갖고 있음.

득템하려다가 함께 꿈나라로 간 적도 있었지요. ㅎㅎㅎ
↳ **구라임Say** 그것이 늘 가장 큰 고비입니다. 함께 가면 그나마 다행!
먼저 꿈나라로 갈 때가 태반이죠~

끄적끄적 한마디
아기는 잘 때가 젤 예뻐~

새벽

아직 동이 트지 않은

어두운 새벽.

어김없이 들려오는 그녀의 흐느낌.

긴장되는 순간….

둘 중 하나만 살 수 있는 상황이다!

.

.

.

.

.

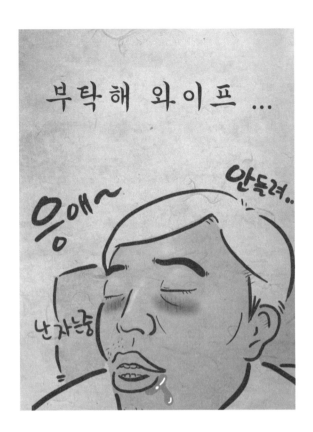

우리 남편하고 똑같아요.ㅠㅠ 감은 눈이 파르르 떨리는 게 분명 자는 척하고 있는데도
이 인간 꿈쩍을 안 하네요.

↳ **구라임Say** 포인트를 잘 알고 계시는군요. 상황을 살피기 위해 실눈을 뜨면
파르르 떨리기 마련이죠.

아! 남편은 절대 못 일어난다고 생각했는데! 이런 꼼수가? 이제 얄짤없음.

↳ **구라임Say** 아빠님들, 금기를 발설해서 미안해요~

끄적끄적 한마디
못 듣는 남편은 없다. 못 듣는 척하는 남편만 있을 뿐.

⁊ 배움

그림, 제빵, 커피, 외국어.

생업에 치이고 힘들지만

아빠도 배우고 싶은 것들이 많다.

배움에 나이가 무슨 상관이냐?

아~ 배움이 고프다.

특히!

.

.

.

.

.

이건 진심인데요. 금방 그리워져요. 그 시절이….

↳ **구라임Say** 둘째가 생기면 또 반복되겠죠?

👤 아빠 진지하다. 완전 공감. ㅋㅋㅋㅋ 울 애기도 어제 새벽 4시에 잤어요.

↳ **구라임Say** 4시…. 소름 돋는 시간이죠. 후덜덜.

―――

끄적끄적 한마디
최면술사 여러분~ 아기가 잠드는 최면술 좀…. (굽신!)

잘 재우는 법

찡얼찡얼 우리 아기 낮잠 재우는 방법

낮잠을 제대로 자는 아이가 밤에도 숙면을 취할 수 있다. 아이가 낮잠을 잘 때는 커튼을 쳐주는 것이 좋다. 주변이 어두워야 낮잠을 잘 잘 수 있고, 성장 호르몬도 촉진된다.

또한, 낮잠은 아이가 밤에 잠을 자는 장소에서 재워야 좋다. 안아서 재우지 말고 가급적이면 침대에 눕혀 재운다. 잠자리 인형 등을 옆에 놓아 편안한 취침 환경을 만든다.

아이가 낮잠을 잘 때에도 제대로 된 시간 관리가 필요하다. 낮잠 전에 아기를 달래는 시간은 30분이면 충분하다. 잠은 두 시간을 넘지 않게 재워야 밤에 잠을 잘 때 영향을 주지 않는다. 아이가 너무 오랫동안 낮잠을 잘 경우 안아서 햇빛을 쬐어주면 자연스레 잠이 깬다.

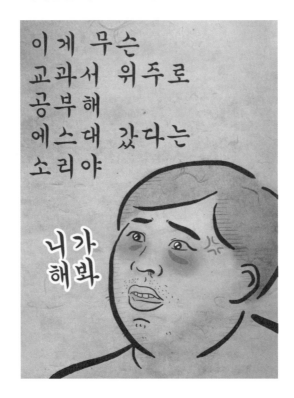

유부의 꿀팁

2년식 아기 말 번역기

"까까" "과자 가져와."

"우유" "우유 가져와."

"무" "물 가져와."

"코 자?" "자요? 난 안 졸린데…."

"뭐지?" "저건 뭐야? 설명해봐."

"가. 시려." "날 건들지 마." + "난 네가 싫어." + "수틀리면 운다."

"야옹이" "아파트 화단에 있는 고양이를 지금 만나러 가야겠다."

그만 해...

가끔은 그냥 **못** 알아듣는 척이 좋다.

' 껌딱지

엄마가 잘 때도,

엄마가 TV를 볼 때도,

심지어는 엄마가 X쌀 때도,

떨어지지 않는 10킬로짜리 껌딱지.

제아무리 아빠라도

그 껌딱지를 떼는 순간….

.

.

.

.

.

납치범이 된 느낌을 받는다.
남들이 보면 내가 납치라도 하는 줄 알 것 같다.

』 제2외국어

냉혹한 사회에서 살아남기 위해

영어는 기본, 제2외국어는 필수!

아빠가 된 지금

나 역시 살아남기 위해

새로운 언어를 공부 중이다.

배워야만 살 수 있다.

.

.

.

.

.

눈 밑에 다크 봐라…. 나 슬프다.
↳ **구라임Say** 슬프냐? 나도 슬프다.

대박임! 요즘은 조카를 위해 이모도 제2외국어는 필수예요.
↳ **구라임Say** 하지만 형(큰아빠)은 배우질 않더라고요.

끄적끄적 한마디
꼬꼬꾸루루 까까~

⁊딸

잠도 못 자게 새벽에 울고

떼쓰기는 이제 슬슬 감당하지 못할 지경….

밥 한번 먹으면 집안이 밥알 폭탄.

잠깐 쉬고 싶어도 놀아달라고 난리.

아이고~아이고~

.

.

.

.

.

키워놓으면 너 같은 놈이 빼앗아 간다네. ㅜㅜ
↳ **구라임Say** 꺅!!!! 상상만 해도 싫다.

우리 아빠도 저렇게 생각하셨겠죠? 나만 예뻐하고 사랑해주던 아빠~
↳ **구라임Say** 다들 효도하고 삽시다.

끄적끄적 한마디
세상의 부모들은 다 그렇다.

』 머피의 법칙

내가 신호등 반대쪽에 있으면

내가 탈 버스가 도착하고,

내가 마트에 줄을 서면

꼭 내 줄이 가장 오래 걸리지.

그래. 이 정도면 귀엽지.

.

.

.

.

.

그 짧은 순간에 X도 싸요. 신생아 X은 묽어서 온 거실에 '팍!' 하면서 튐. 아하하하~

↳ **구라임Say** 오 마이 갓!! 전 아직 거기까지는 경험 못 해봤네요.

변비 걸린 신생아⋯. 오일 적신 면봉으로 간질간질했더니 분수처럼 쏴댔다.
   그래도 엄마는 아기가 똥 나왔다고 웃는다.

↳ **구라임Say** 진짜 엄마는 위대하다. ㅜㅜ

끄적끄적 한마디
생각보다 흔하게 일어나는 일이다. 우리 아이는 그렇지 않다며 방심하지 마라~

, 국민

국민MC는 유재석.

국민 첫사랑은 수지.

국민 여동생은 아이유.

믿을 수 있는 그들에게

붙여지는 단 하나의 호칭.

근데

.

.

.

.

.

애 낳기 전엔 몰랐던 국민브랜드 '피셔'.

↳ **구라임Say** 이 브랜드를 알면 '유부'입니다. ㅎㅎㅎ

우리 집에는 국민애벌레가 있어요.

애벌레 인형인데 애기 있는 집에 이 인형 없는 집이 거의 없는 듯. ㅋㅋㅋ

↳ **구라임Say** ㅋㅋㅋ 빙고! 우리 집에도 있습니다. 꼬리엔 거울이 달려있는~ㅎㅎㅎ

끄적끄적 한마디

국민만 붙으면 잘 팔린다. 나도 국민 뭐라도 팔아 볼까나?

』 아빠의 기술

잘 재우는 기술,

잘 놀아주는 기술,

잘 먹이는 기술,

잘 씻기는 기술,

그중 가장 필요한 건

.

.

.

.

.

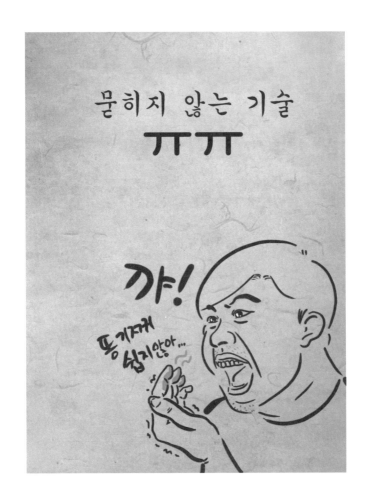

엄마인 나도 똥 기저귀는 노노~ 자기자식은 똥도 예뻐 보인다는데. ㅠㅠ
↳ **구라임Say** 아기똥이라고 무시할 게 아니죠. 진짜 크기도 냄새도 똑같아.

👤 첫 아이 때는 똥이 손에 묻으면 "우~쉬" 하면서 비누로 손에 빡빡 문질렀는데,
둘째 때는 똥 묻어도 그냥 묻었구나 하네요. ㅎㅎ
↳ **구라임Say** 손에 똥 마를 날이 없네.

끄적끄적 한마디
딸아, 내가 널 손에 똥 묻히며 키웠다. 기억해!

⟋ 닦는 기술

남자는 앞쪽! 여자는 뒤쪽!

남자아이와 여자아이는 신체 구조가 다르기 때문에
엉덩이를 닦고 기저귀를 채울 때도 이 점을 고려해야 한다는 사실!
자 그림으로 배워 보자.

참고 모자란 아빠에게 빛과 소름 '맘&앙팡'

급 질문!

무엇에 쓰는 물건인고?

악어로 변신~
아고, 무서워라~

◗ 식감

마치 빨대처럼 보이는 이 물건.

빨대는 아니지만 난 가끔 이걸로

남들이 먹지 않는 걸 먹고는 한다.

매번 신비로운 이 식감.

.

.

.

.

.

왜 이렇게 자꾸 더러운 그림 그려요? 이런 식으로 관심 받고 싶은 거임?

↳ **구라임Say** 그냥 저의 일상일 뿐입니다.

🧑 저도 U자로 된 거, 중간에 콧물 저장되도록 만들어진 거, 다 써봤는데
결국은 호스로 바로 빨아들이는 게 효과가 좋더라고요.

↳ **구라임Say** ㅋㅋ 그러다보면 콧물이고 코딱지고 본의 아니게 맛보게 되는 거죠.

끄적끄적 한마디
뭐 어때? 내 새끼인데.

🔓 아빠의 아빠

과묵하시던,

묵직하시던,

엄격하시던,

그렇게 살아오신 아버지.

세월이 지나

연세가 드시고,

할아버지가 되고,

그리고…

아버지가 많이 변하셨다.

.

.

.

.

.

우리 아버지, 손녀 운다고 '빠빠빠' 춤을 추셨음. ㅜㅜ 점핑~점핑~
↳ **구라임Say** 생전 처음 보는 매우 낯선 관경….

저희 아버지도 자식에게는 그렇게 엄하셨는데 우리 딸에게 동요 불러주시는 거 보고
내심 깜짝 놀랐습니다. ^^
↳ **구라임Say** 아부지가 혀 짧은 목소리 내시면 뭔가 당황스럽더라고요. ㅎㅎㅎ 아이고~

끄적끄적 한마디
엄숙한 집안 분위기, 손자, 손녀면 한방에 해결~

〟 필수요소

대한민국 엄마, 아빠라면

모두가 궁금해할 이야기!

우리 아이 180cm 이상으로 키우는

필수요소를 공개한다!

아이의 충분한 수면,

균형 있는 식사,

규칙적인 운동 습관.

마지막으로는?

.

.

.

.

.

으하하~ 침 튀기며 열변하시는 모습에서 작가님이 숏다리라는 걸 추리할 수 있습니다. ㅋㅋㅋ

↳ **구라임Say** 셜록이구만….

으아. 내 새끼들~ 엄마가 미안하다.

↳ **구라임Say** 자진 사퇴 아닌 자진 사과. ㅋㅋ

끄적끄적 한마디
열심히 살자. 쩝~

7 내 자식 키

의학적으로 평균,
아들은 (아빠 키 + 엄마 키 + 13)/2
딸은 (아빠 키 + 엄마 키 - 13)/2

뭐?!

미안해 딸...
아빠 잘못이 아니라
할아버지 잘못이야...

이것은 와이프 솜씨!
후훗~
자랑할 만하다.
이 세상에
이토록 맘에 드는
인테리어 소품이 더 있을까?

우리 딸 얼굴이니깐~

돌잔치 스페셜 초대장

1년, 완연한 아저씨가 되었습니다.
1년, 어깨 통증을 얻었습니다.
1년, 드디어 첫돌을 맞이하게 되었습니다.

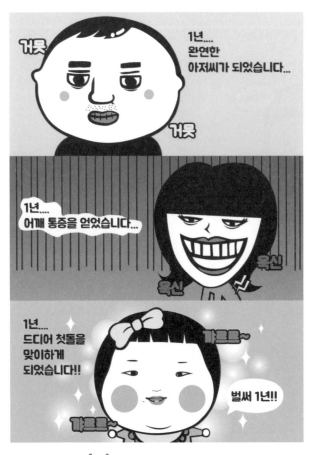

카톡으로 휙휙 막 보냈던 기억이….

남 100 L사이즈

: **아빠** : 하늘은 아내를 돕는 자를 돕는다.

여 55 S사이즈

: **엄마** : 내 말을 잘 들으면 자다가도 떡이 생겨요.

1세

: **딸** : 요즘엔 딸이 대세

우리만의 유니크한 돌잔치 의상 맘에 들어.

사람들이 수군거렸다.
알게 모르게
주목받는 느낌적인 느낌?

탄생 1주년 가족 여행~

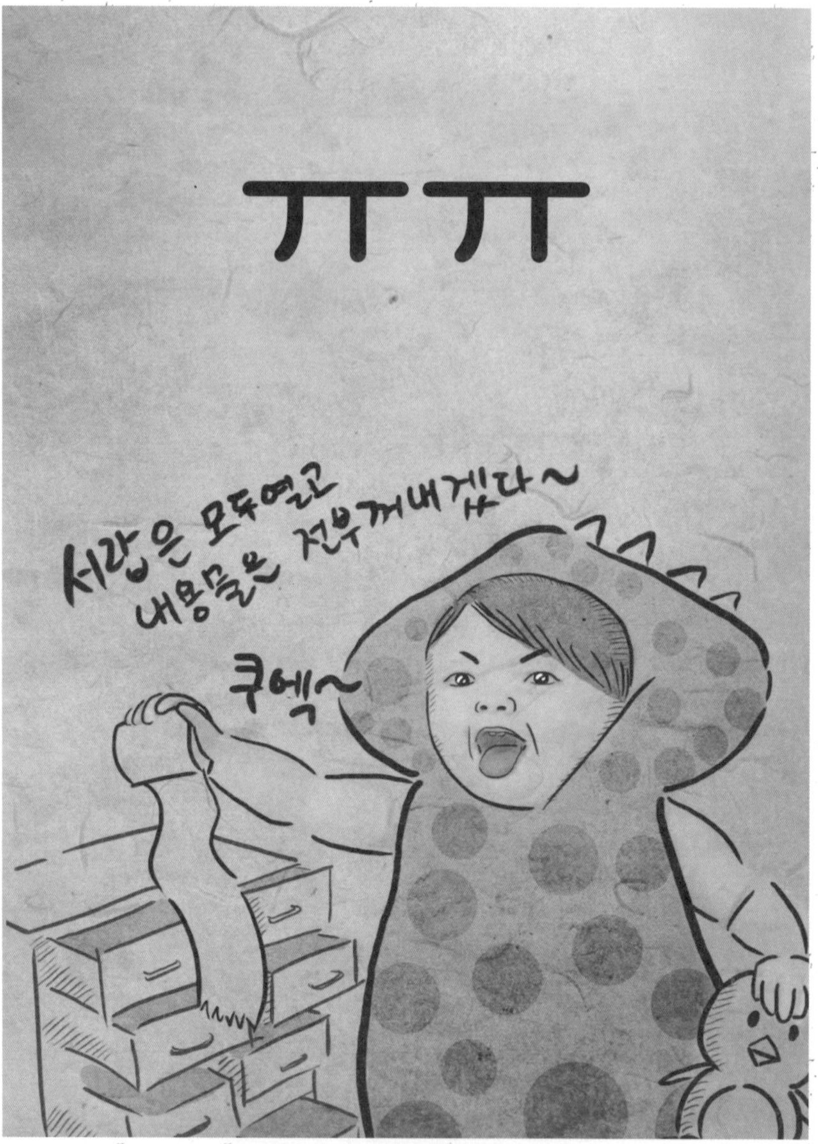

차라리 기어 다닐 때가
편했다….

PART 03

첫돌~
두돌

님아, 날 베이비라
부르지 마오~

딸®

꼬꼬루 까까 꾸꾸~~

〃 테러

현장은 처참했다.

폭발물 잔해로 초토화된 이곳….

범인은 현장 검거되었지만

반성의 기색이 없다.

아, 이걸 어떻게 수습한단 말인가?

.

.

.

.

.

그래도 돌이켜보면 그때가 행복했네요. 지금은 학교와 학원으로 얼굴 보기도 힘들고,
사춘기 때문에 예민해서 몸은 편한데 맘이 힘들어요. 한창 예쁠 때고 소중한 시간입니다.

↳ **구라임Say** 가끔 힘들긴 해도, 지금이 너무 좋아요. 천천히 크렴~ㅠㅠ

🧑 밥알폭탄이든 뭐든 수저 들고 먹는 모습 보기만 해도 사랑스럽죠. ㅋㅋ

↳ **구라임Say** 맞아요. 사실 주변 아들, 딸내미 밥 안 먹는 거 보면
폭탄이 터져도 먹어야 예뻐요.

끄적끄적 한마디

하루에 두세 번은 터진다. 익숙해지자.

〃 코피

갑작스럽게

한 대 맞아서

코피가 났다.

아프다.

하지만 난 아무 말도 할 수 없었고

아무 대응도 하지 못했다.

상대가 너무 강력했기 때문이다.

.

.

.

.

.

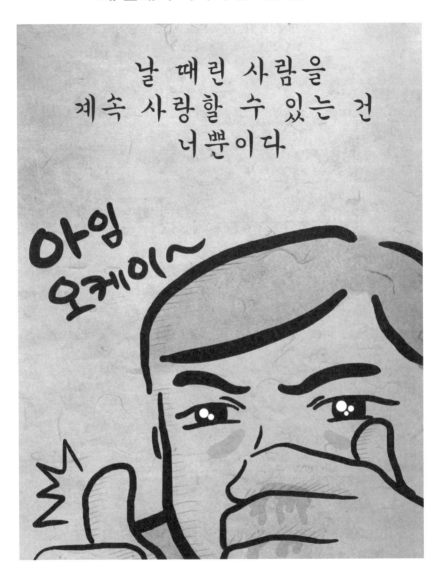

잘 때,
그녀의 다리는 위험하다.

🏴 예측 불가

언제 어디서

날라 올지 알 수 없다.

ㄷ ㄷ ㄷ

거의 매일 만나는 친구.
놀이터에서도,
쓰레기 버릴 때도,
주차할 때도,
우리 딸은 그 친구가 아주 맘에 드는 눈치다.
자꾸 집에도 같이 가자고 하고….
아빠도 예쁘고 좋긴 한데 집에서는 놀기가….

겨울

총각 땐 겨울 나름의 낭만이 있었는데,

딸이 감기에 자꾸 걸리는 모습을 보면

겨울이 밉다.

겨울은 아빠에게 참 힘든 계절.

그리고 또 다른 이유.

.

.

.

.

.

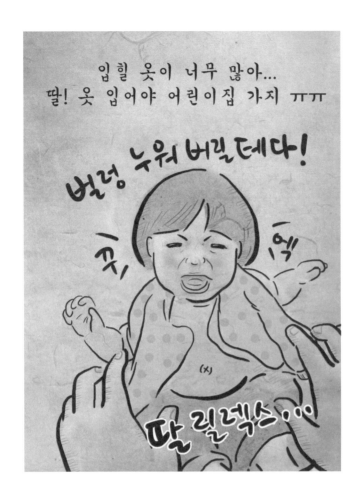

ㅎㅎㅎㅎㅎ 옷 입힐 게 많죠. 그런데 다른 남자들도 그런가?
내 남편은 "내복 위에 옷 입혀?"라고 왜 매번 묻지?

↳ **구라임Say** 저 역시 '왜 바지 위에 또 바지를 입히지?'라고 늘 생각했죠. ㅋㅋ

여름이 편하긴 하죠. 팬티에 반팔 티, 반바지면 끝인데.

↳ **구라임Say** 애나 어른이나 옷 입기엔 여름이 편함~ㅋㅋ

끄적끄적 한마디

여름아 빨리 왕~~

⁊ 스킨푸드

난 우리 딸에게

딸기쉐이크를 해줬고,

우리 딸은 맛있게 샤워를 했다.

.

.

.

.

.

먹지 마세요.
피부에 양보하세요.

촉촉해요~

⁊ 아빠도 쉽게 만드는 우리 딸 맘마 만들기

딸과 와이프가
코~자고 있는 주말 아침.
준비물은 간단하다.
밥, 참치, 김,
그리고 아빠 손(가장 중요)

완성~

그 사이 일어나 탱자탱자 놀고 있는 딸에게 배달!

먹방

나는 밥도 영화배우처럼 먹는다.

바디 랭귀지 📞

그들의 언어를 몰라도 알 수 있다.
우리에겐 만국 공용어인 바디 랭귀지가 있으니깐!

.

.

.

이보다 더 정확하고 심플한
표현이 있을까?
ㅠㅠ

〃 살이 키로 간다?

괜찮아~ 아기 때는 살이 다 키로 간다니깐~
"살이 키로 간다!"
이 말은 진실일까요???

정답은 X입니다.
보통 아이가 비만인 경우는
인스턴트 음식이나 단 음식을 즐겨 먹고
운동이 부족한 경우가 많은데 이런 생활습관이
굳어지면 영양소를 골고루 섭취하기 힘들고
운동도 싫어해 비만이 지속되는 경우가 많다고 합니다.

132

부모는 자식이 먹는 것만 봐도 배가 부르다.

』 아저씨 인증

어느 날 와이프가 말했다.
남편은 그 누가 봐도 아저씨라고.
딱 보면 안다고.

"뭐? 왜? 내가 어째서?"

와이프가 내미는 증거에
나 역시 인정….

.
.
.

언젠가부터 내 프로필 사진이 딸 사진이 되었다.
좋은 걸 어떡하라고~

지치고 힘든 업무의 연속.

하지만 나에겐

나만의 박카스가 있다.

.

.

.

그 외의 영상통화는 사절한다.
특히 와.이.프~

⁊ 비굴남

가장으로서 이 거친 사회를 살다보면

비굴해지고,

고개 숙이고,

참고, 또 참고….

하지만 가장이기에 이겨낸다.

그리고 난 오늘도

부탁을 한다.

제발 부탁드려요….

제발~

제발~

제발~

.

.

.

.

아빠 뽀뽀해줘용.

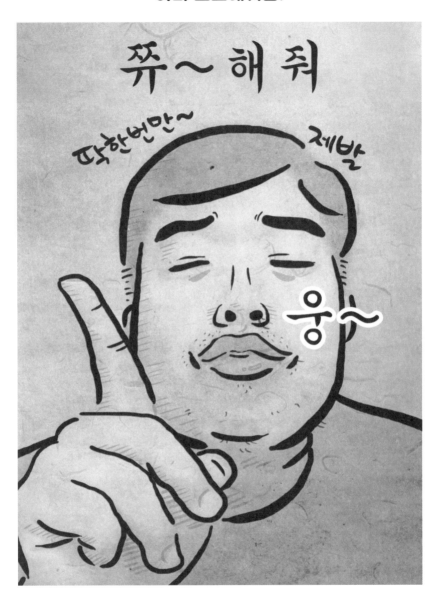

면도를 말끔히 하면 성공률은 UP!

키다리 아저씨

그녀를 위해 뭐든지 해주는 남자.

그녀가 원한다면 밤하늘의 별이라도 따려는 남자.

난 그녀를 위해 뭐든지 해줄 수 있는,

그녀보다 훨씬 키가 큰 남자.

.

.

.

.

.

난 그냥 보통 아빠.
그래도 난 우리 딸의 영원한
키다리 아저씨.

˺ 철 지난 패션

부츠컷의 뾰족구두,

대문짝만한 로고 티셔츠,

길바닥을 쓸고 다니는 나팔바지.

그러나 진정 철 지난 패션은

바로

.

.

.

.

.

한여름에
아직도 겨울왕국….

한번 꽂히면
어쩔 수 없다.
ㅠㅠ

❟ GD 따라잡기

18개월, 자신만의 패션에 대한 고집이 형성될 시기!

아빠 팬티로 GD 따라잡기

레이어드 패션의 대가 탄생!!!

서울에서 태어나
20개월 한평생
서울에서 살아온
서울여자

하지만
시골 외할머니집만 가면

.

.

.

한 방에 컨츄리룩으로 변신 가능~

사투

이것은 처절한
전투의 흔적.

둘 모두가 쓰러져 버린
처절한 싸움의 현장.

더블KO가 태반…

쾌락과 궁궐 속을 다닐지라도,
아무리 초라해도 내 집과 같은 곳은 없다.

- 존 하워드 페인 -

존은 육아 전쟁을 경험하지 않았던 걸까?

〃 도로아미타불

겨울이라 환기도 자주 못하고

바쁘다는 핑계로

정말 난장판으로 살았구나.

주말에는 맘 잡고 청소해야지!

아~

청소를 다 하고 보니,

우리 집이 이렇게 넓고 쾌적했나 싶다.

.

.

.

.

.

청소 후 한 시간…. 난 대체 뭐 한 거니? ㅠㅠ 왜 청소한 거니? ㅠㅠ
↳ **구라임Say** 그렇게라도 안하면…우리 집처럼 됩니다.

홋~ 애가 초딩, 중딩이 되어도 어지럼 사우루스는 계속 됩니다. 무시무시하죠?
↳ **구라임Say** 이게 끝이 아니라니….(좌절)

끄적끄적 한마디
포기하면 편해….

🢓 실제상황

사실 조금 치운 상황….

포기하면
편~해~

에너지가 방전된 아빠들을 위한 신의 놀이

한창 자라는 아이의 어마어마한 에너지를 감당할 수 있는 아빠는 많지 않다. 그래서 준비한 신의 놀이! 이것은 '아빠땡보놀이'라고도 불린다.

우선 베개 두 개를 멀찌감치 놓고, 아빠가 먼저 베개 사이를 오가며 횟수를 센다. 이 모습을 보면 아이들은 자기도 해보겠다고 할 것이다. 그러면 아빠는 아이에게 총 몇 회를 할 것인지 정하라고 한다.

그리고 아이가 베개 사이를 오갈 때마다 "한 번, 두 번…" 소리를 내며 횟수를 센다. 이 때 아빠놀이의 필수 양념인 큰 목소리와 추임새, 칭찬과 응원을 쉬어서는 안 된다.

**에너지 없는
아빠와
에너지가 넘치는
아이들
모두에게
유용한 놀이~~**

뜨거운 여름~
떠나고 싶다!
시원한 바람과 물,
따사로운 햇살을 가려주는 파라솔.

더 이상 무얼 바랄 수 있단 말이냐?

고무대야 하나면
올 여름 바캉스 해결~

아직 어린 나이.
하지만 그녀는 속도를 즐길 줄 아는 여자.

이리저리 몸을 움직이고
드리프트를 즐기며
속도를 높이라고 손짓하는 그녀.

마트 카트

아빠 힘들다.
가만히 좀 있자.
ㅠㅠ

훗~

모두가 날 부러워한다.

날 쳐다보는 시선.

훗~ 나쁘지 않다.

흔하게 느낄 수 있는 기분이 아니다.

아~ 이 기분을 맘껏 즐겨야겠다.

.

.

.

.

.

기억이 새록새록. ㅋㅋ 우리 동네 마트는 아줌마들끼리 싸움 나서 없애버렸다는.

↳ **구라임Say** 저 멀리서 주인 없는 자동차 카트가 보이면
　　　　　　　다들 전력 질주하고 난리가 납니다.

근데 일반카트에 비해 컨트롤하기가 좀 힘든 듯….

↳ **구라임Say** ㅋㅋㅋ 익숙해지면 드리프트도 가능~

끄적끄적 한마디
마트에서 돈 주고도 못 사는 레어템.

⟍ 분노의 질주

영화관에서 재밌게 본 영화.
그리고 난 그 이상의
속도감이 느껴지는 사진 한 장을 받았다.

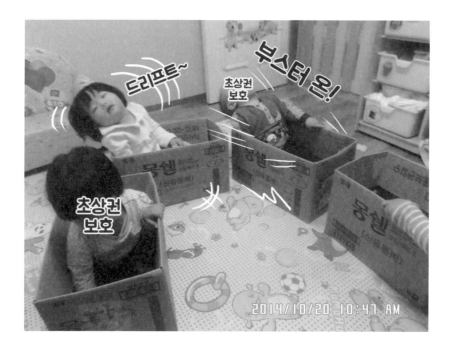

어린이집에서~

한 명은 부스터,
한 명은 드리프트 중인 걸로 예상된다.

우리 딸 왜 이리 예뻐?
어쩜 이렇게 하는 짓이 사랑스러워?
우리만 보기 정말 아깝다.
우리 딸 이러다가 나중에 CF 찍는 거 아냐?

.
.
.
.

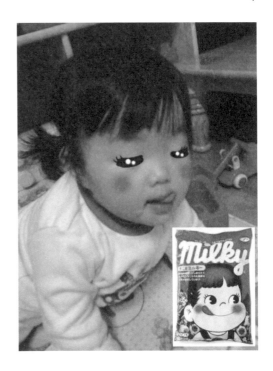

(우리 부부의 콩깍지는 언제까지?)

아쿠아리움

아이고~

물고기 보니깐 신났네.

그렇게 좋아?

집에 가야지.

이제 일어나자~~~

.

.

.

.

.

우리 애는 한참 뚫어져라 보더니 "아빠~저거 맛있겠지요?" ㅋㅋㅋ

↳ **구라임Say** ㅋㅋㅋ 회의 맛을 벌써 알다니. 같이 나중에~나중에 한잔! 캬~

👥 횟집 수족관 생선 보여주다가 아쿠아리움 데리고 가서 물고기 보여주면 다 먹는 생선인 줄 암.

↳ **구라임Say** 생선과 물고기, 차이가 뭐지? 갑자기 궁금해짐. ㅋㅋ

끄적끄적 한마디

가끔은 마트 말고 아쿠아리움으로 나들이 갑시다.

블랙홀

난 누구? 여긴 어디?

이곳에서 시간은 무의미하다.

끊임없이 반복되는 행위.

이게 몇 번째인가?

정신이 점점 흐릿해진다.

.

.

.

.

.

엠버~ 상냥하고 똑똑해~

↳ **구라임Say** 이걸 타요라고 했다가 댓글로 많이 혼쭐났었죠.

앞으로 더 많은 만화 캐릭터를 공부해야 합니다. 제 남편은 이제 아이보다 더 잘 알아요.

↳ **구라임Say** 엠버와 타요는 평생 기억할 듯. ㅋㅋ

끄적끄적 한마디
유부가 되면 알게 되겠지. EBS가 얼마나 소중한 방송국인지….

❞ 진급

상병에서 병장으로 진급.

대리에서 과장으로 진급.

총각에서 유부남으로 진급.

그리고 애 아빠로 또 다시 진급.

그리고 올 겨울부터는

.

.

.

.

.

작가님 애기하고 비슷한 또래 딸아이가 있어서 종종 즐겨봅니다.

그런데 한참 낯가릴 때인데 울진 않았나요?~

↳ **구라임Say** 인사이트 있는 질문입니다.

사실 산타가 나타나면 울고불고 소리 지르고 난리가 납니다.

꺽꺽대며 울어댔죠. (뭔가 미안하고 무안해진 산타)

크리스마스 파티

때는 크리스마스 홈파티를
준비하던 어느 날.

뽀로로 케익을 비롯해
와이프는 안하던 요리까지 만들고 있던 와중이었지….

손님들도, 우리 딸 순덕이도 모두 만족할 만한 식사를 끝냈고
힘들어서 한숨 때렸더니….

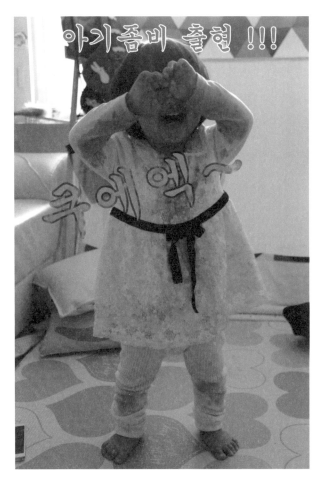

아기 키우는 집에
휴식이란 없다.
크리스마스 파티 후기로 시작해서
좀비 출현으로 끝나는 오늘의 하루~

거울

아이는 부모의 행동을
그대로 따라한다.

내가 책을 많이 읽으면
내 아이가 책을 읽고,
내가 TV를 보지 않으면
내 아이도 TV를 찾지 않는다.

'내 아이 바르게 키우기'
생각보다 쉬운데?

·

·

·

·

·

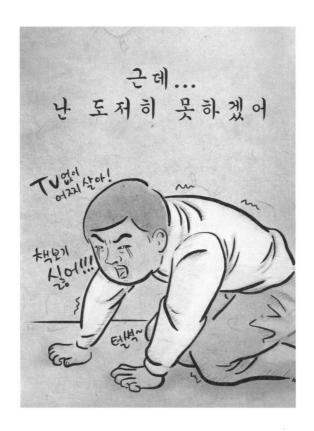

있는데 안 보기 힘들어요. 그냥 없애버려야 함.

↳ **구라임Say** 공감! 안 볼 수가 없어요. ㅠㅠ 진짜 버려버려?

👤 아이가 집에 오면 티비 앞에만 앉아 있어서 당장 없애버리고 3년째 없네요.
없으면 또 없는 대로 장점도 많고, 살 만해요.

↳ **구라임Say** 곰곰이 생각해보면 우리 딸은 티비 없어도 괜찮을 거 같은데….
문제는 바로 나….

👤 맘먹고 책 보고 있으면 두 돌이 채 안된 둘째가 "엄마! 니모꽁!" 하며 건네줍니다.
해맑게 웃으며…. 엄마가 미안하다. ㅜㅜ

↳ **구라임Say** 우리 딸이랑 똑같아. (흑)

끄적끄적 한마디
도전은 해봤으나, 하루 만에 실패…. TV 없이 사는 거 쉽지 않아~

ㄱ 떼빼

자지 않으려는 자와

재우려는 자의 사투.

이 싸움에서는 아이템빨이 필요하다.

스피커에서 울리는 자장가 플레이!

"자장 자장 우리 아기 자장 자장 우리 아기

꼬꼬 닭아 우지 마라 우리 아기 잠을 깰라

멍멍 개야 짖지 마라 우리 아기 잠을 깰라"

.

.

.

난 초등학생 재우는데도 아직 저러는데.

↳ **구라임Say** 오 마이 갓….

30분 정도 안아서 재우는데 '이제 자는군' 하고 애기 얼굴을 거울로 확인했는데….
똥그란 눈과 마주침…. 안 키워본 사람들은 모른다.

↳ **구라임Say** 지금까지 한편의 공포영화 시나리오였습니다. (덜덜)

끄적끄적 한마디

자장가를 틀어 분위기를 연출하면 아기들이 더 잘 자요. 주의할 건 나도 더 잘 잔다는 거….

잠재우기

부모가 자는 척하면

아기들도 따라 잔다고 한다.

나름 효과가 좋다.

하지만 쉽지는 않다.

많은 인내와 참을성이 필요하다.

.

.

.

.

.

그러다 내가 먼저 잠든 적이 한두 번이 아니야. ㅠㅠ

↳ **구라임Say** ㅋㅋㅋ 저도 매일 자는 척하다 먼저 스르르….

나도 지금 애기 재우고 나왔는데, 장난감으로 머리 한 20대 맞았음. ㅠㅠ

↳ **구라임Say** 재질과 크기가 뭐냐에 따라 다르죠. 한 대도 못 참겠는 경우가 생기더라고요.
그럴 땐 한 대만 맞아도 벌떡!

끄적끄적 한마디
오직 노력과 인내뿐.

❞ 아빠의 규칙

첫째!
분리수거하는 날에는 칼퇴근한다.

둘째!
주말 설거지는 아빠가 한다.

제일 중요한

셋째!
딸이랑 숨바꼭질을 할 땐….

.

.

.

.

.

ㅋㅋㅋㅋ 폭풍공감~ 그리고 아이가 못 찾아야 조금 더 오래 쉴 수 있지요.

↳ **구라임Say** 오호라~ 좋은 말씀 감사합니다.

12개월 된 우리 딸도 자기 손으로 눈만 가려요. '우리 딸 어딨지?'라고 하면
손 내리고 웃는데 완전 사랑스러움~^^

↳ **구라임Say** 이런 게 행복 아닐까 합니다.

끄적끄적 한마디
아이와 숨바꼭질할 땐 무조건 보여도 안 보이는 척.

┛ 호기심

쪽쪽~촵촵~쯥쯥~

어쩜 그리 맛있게도 먹는지

나도 가끔은 그 맛이 궁금하다.

나도 한번…

맛봐도 될까?

·

·

·

·

·

처음 치약 맛을 본 아이의 눈빛을 봐야 함. ㅋㅋ

↳ **구라임Say** 뭐랄까? 뭔가 세상을 알아버린 듯한 그런 눈빛.

어린이 치약, 제 입맛엔 별로였네요.

↳ **구라임Say** 역시 나만 시도해본 게 아니었어. ㅋㅋ

끄적끄적 한마디
아이의 물건을 탐내지 맙시다.

❚ 반응

딸과 아빠 사이에 정해진 반응.

이것은 암묵적인 약속이다.

 돼지는?

 꿀꿀~

 염소는?

 음메~음메~

우리 딸 최고!

천재인가 봐!

 그럼, 사자는?

 어흥~~~

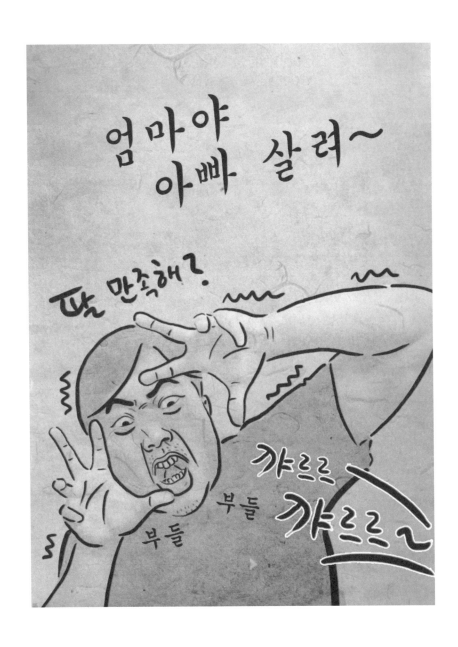

끄적끄적 한마디
아빠에게 가장 중요한 건 리액션!

〃 아침향기

집마다 다른 그 집만의 내음이 있다.

맛있는 밥 냄새,

싱그러운 꽃의 향기,

은은하게 풍기는 비누향.

우리 집 역시

우리만의 내음이 있다.

그녀가 있기에 존재하는 향이랄까?~

.

.

.

.

.

그녀는
지금

향
만드는 중~
(뿌직~뿌직)

▌승부

어딘가에서 느껴지는 묘한 변화.

우린 둘 다 대번에 이 상황을 감지했다.

눈이 마주치는 순간,

바로 승부를 내야 한다.

.

.

.

.

.

"가위바위보!"

언제나 그 예감은 틀린 적이 없다.

우리 딸 다 컸네

우리 딸 벌써 세 살.

옹알이하던 아기가 말을 하기 시작하고

겨우 기어 다니던 아기가

이제는 집안을 뛰며 난장판을 만든다.

가끔 그 모습을 볼 때면

'아~ 다 키웠네' 싶을 때가 있다.

특히

.

.

.

.

.

엄청납니다. 정말~ 어른 X이랑 똑같아.
↳ **구라임Say** 지금 어디서 냄새가 나는 것 같아. ㅠㅠ

기저귀 갈고 나면 바로 X 싸더라.
↳ **구라임Say** 새 거에 새로운 느낌으로 빡!

끄적끄적 한마디
X 타이밍은 불현듯 찾아온다.

⁊ 애견카페

아이들은 반려동물과
함께 시간을 보내면
정서발달에 좋다고 한다.

그래서 큰맘 먹고
딸과 함께 애견카페 고고~

그래도 나중엔 재밌게 놀았어요.

누구나 한 번쯤
겪게 되는 어이없는 에너지 낭비
또는 힘든 일을 지칭하는 말.

하지만 아이들에게는 이만한 놀이가 없다.
그녀는 지금 계속해서 삽질 중이다….

⁊ 아빠의 티타임

평온한 주말.

날씨도 많이 따뜻해졌고

이런 날은 엘레강스하게 커피 한잔 마셔줘야지.

주말에 카페나 가볼까나~

.

.

.

.

.

시선을 한 곳에 집중한 채, 아무 맛을 못 느끼며 마시는 커피 한잔~

↳ **구라임Say** 내가 뜨거운 커피를 마시고 있는지 아이스 커피를 마시고 있는지
못 느낄 때가 있다.

커피를 입으로 마시는지 코로 마시는지 모른다는 그 카페 ㅎㅎ

↳ **구라임Say** 커피 시켰는데 콜라가 나와도 모른다는 그 카페~

끄적끄적 한마디
커피에 아무 맛이 안 느껴지고, 이상하게 지쳐….

🖋 꿀잠

"누가 업어 가도 모르겠네"라는 그 말.

3일간의 밤낮 없는 철야 근무 후?

아침까지 달린 술자리 다음 날?

그게 아니다.

진정한 꿀잠이란

이게 아닐까 싶다.

오늘 나는 보고 말았다.

진정한 꿀잠을….

·

·

·

12시까지 뽀로로 만화를
보다 잠든 그녀.

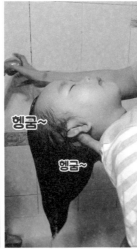

❞ 희한하다

아이들은 부모의 행동을
따라하곤 한다.

엄마의 화장하는 모습.
아빠가 누워있는 모습.

그런데…

넌 어디서 그걸 보고 배운 거니?
우리 집이 그걸 했을 리가
없는데!

.

.

.

.

.

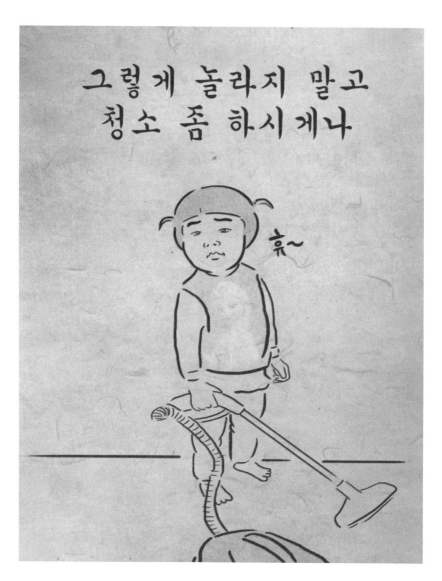

라고 청소기를 가지고 노는 딸이
말하는 거 같았다.
덜덜~

』 아빠 마음

따지자면 별일 아닌데
그냥 싫은 게 있다.

큰일 나는 것도 아니고
악의가 있는 것도 아닌데
왠지 모르게 그냥 싫고
그냥 화가 난다.

.

.

.

.

.

물론 남의 집 아들내미도 귀하다….

나만의 영화관람 순서

혼날거 같으니
얼굴은 비공개~

영화티켓
맘에들어~

CGV포토티켓 결제가 완료되었습니다.
CGV영등포 티켓판매기에서 출력하실 수 있습니다.

출력매수 : 1매, 결제금액 : 1,000원
• CJ ONE 포인트 : 1,000

깜짝
이벤트에
와이프는
무척
화를 냈다.

죽는다!!!

와이프

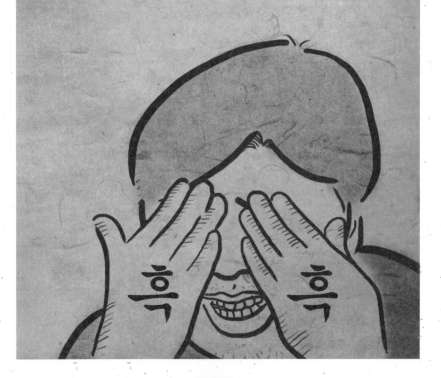

그간 날 감추느라 너무 힘들었어
-유부남-

철없는
유부남의 비밀 일기
스타뚜~

PART 04

유부남의
하드코어 라이프

**총각도, 와이프도 모르는
유부남의 진짜 사생활~**

후덜덜

죽는다!!!

와이프

ㄱ 새해 다짐

새해를 맞아

딸에게 부끄럽지 않은 아빠가 되기 위해

나의 뱃살에게 작별을 고한다.

멋진 아빠가 되기 위해선 관리가 필수!

매일 하루 한 시간씩 자전거를 탄다.

.

.

.

.

.

저랑 어쩜 이리 똑같으신지? 전 결국 내다 팔았어요. ㅋㅋ

↳ **구라임Say** 솔깃! 얼마까지 받으셨어요? ㅎㅎㅎ

어쩜! 우리 남편이랑 생김새도 비슷하고 하는 짓도 뭔가 비슷해요.

↳ **구라임Say** 전국에 있는 흔남(흔하디 흔한 남자) 중 1인.

끄적끄적 한마디
홈쇼핑은 아무런 죄가 없어. 게으른 내가 죄인이지….

악어의 눈물

요즘 많이 피곤했지?
친정 가서 좀 편하게 쉬다 와.
내 생각은 하지 말고
효도도 하고 맛있는 것도 많이 먹으면
기분 전환도 되고 좋을 거야.

손녀도 데려가야 좋아하시지~
얼마나 보고 싶어 하셨는데.

정작 보내려니까
벌써부터 보고 싶어서 눈물이 다 난다.

·
·
·
·
·

우리 남편도 지금 혼자 집에서 신나 있을 텐데, 나 내일 집으로 컴백. 이제 다 끝인 거죠? ㅎㅎㅎ

↳ **구라임Say** 천~~천히 오~래 쉬다 오라니깐….

🧑 서운해하는 것 같지만 자세히 보면 행복한 표정을 감출 수 없는 그 이름…유부남.

↳ **구라임Say** 정확하게 표현하셨습니다. 100점 드립니다.

___

끄적끄적 한마디

내가 놀려는 게 아니라 나 신경 쓰지 말고, 오랜만에 좋은 시간 보내라는 거야. (뜨끔!)

』친정

그들이 떠난 공간.

공기마저 외롭고 허전하다.

두 여자 없이는

아무것도 할 수 없을 거 같다.

보고 싶고, 또 보고 싶다.

.

.

.

.

.

생긴 것도 하는 짓도 저질.
↳ **구라임Say** 콘···콘셉트입니다. 실제론 음···댄디해요···. 아마도~

난 여자인데 왜 이렇게 공감가지요? 큰 애가 시댁 가서 자는 날에는 나도 자유부인~~^^
↳ **구라임Say** 아줌마나 아저씨나 도찐개찐~

끄적끄적 한마디
너무 신나게 논 티를 내지는 말자.

친정에서

더 쉬어도 돼.
지금을
맘껏 즐겨.

와이프 언제 와….
힝~

』역경

토끼 같은 자식과

사랑하는 와이프를 위해

난 무엇이든 한다.

매일 반복되는 야근도,

비굴해지는 상황까지도,

하지만…

이건 정말 못하겠다.

이제 한계에 다다른 것 같다.

·

·

·

·

·

와이프~
나 이거 못하겠어.

(해본 사람은 안다. 잘 하시는 분 있으면 방법 공유 좀…)

가장의 고민

아빠의 다른 이름은 가장.

매일 아침 전쟁 같은 회사로 출근.

아내를 위해,

자식을 위해,

도태되지 않고

조직에서 살아남으려

늘 고민하고, 고뇌한다.

.

.

.

.

.

점심시간마다 뭐 먹을지 심각하게 고민됨. ㅋㅋㅋㅋ
↳ **구라임Say** 이건 풀리지 않는 숙제….

진짜 먹는 재미라도 없었으면 직장생활을 어떻게 했을까 싶음. ㅠㅠ
↳ **구라임Say** 저는 정말로 점심 먹으러 회사 다니는 사람도 봤습니다.

끄적끄적 한마디
여러분 남편의 모습입니다.

⟩ 사과폰

문제없던 내 휴대폰이 버벅거리고

휴대폰이 변기에 빠지는 불상사가 생기기도 하고,

액정이 예고치 못한 사고로 깨지기도 한다.

그리고 남은 할부 원금이 있다는 사실을

와이프가 모르길 바란다.

.

.

.

.

.

제목 보고 휴대폰 정보 알려주는 줄 알았네. 이게 뭐지?

↳ **구라임Say** 굿~! #낚시#월척#성공적

어째 생긴 게 원수 같은 울 신랑이랑 똑 닮았는지….

↳ **구라임Say** 저, 혹시 와이프야???

끄적끄적 한마디
매번 사과회사는 지름신을 불러온다.

　가방이 없는 남자

그는 오늘도

화장실을 가는 겸,

급한 전화를 받는 겸,

잠깐 복도에서 스트레칭을 하는 겸,

그렇게 소리 소문도 없이

퇴근을 한다.

그래서 그는

가방이 없어야 한다.

.

.

.

.

.

나도 진짜 화장품 다 안 챙기고 폰이랑 카드지갑만 갖고 다녔음. ㅋㅋㅋ

↳ **구라임Say** ㅋㅋㅋ 저 역시 카드 하나랑 폰이 전부~

날씨가 추워지면 외투까지 버리고 뿅~사라짐.

↳ **구라임Say** 옷과 가방은 사무실 의자에 걸어둬야 완벽한 위장이죠. 홋~

끄적끄적 한마디

겨울엔 과감히 코트를 버리고 퇴근하는 방법을 추천함. 가끔 지각할 때도 유용함.

불금

불금은 불타는 금요일(金曜日)!

누구에게나 약속 하나쯤은 있는 날.

나 역시 이날만큼은

한 주도 빼먹지 않고 약속이 있다.

(훗~ 나도 나름 스케줄 있는 남자)

.

.

.

.

.

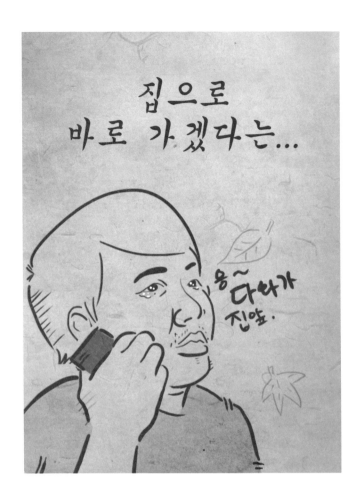

잠깐 눈물, 콧물 좀 닦고….

↳ **구라임Say** 동병상련…. 같이 웁시다~

👤 20대 때는 마구 설레던 금요일 밤. 이제는 그냥 얌전히 집으로 들어갑니다.

↳ **구라임Say** 사실 놀라고 해도 정작 갈 데도 별로 없음.

끄적끄적 한마디

불금은 가족과 함께 뜨겁게 보냅시다. ㅠㅠ

⁊ 미생

돌아오는

전세 대출금 원금 상환하기.

가끔은 와이프에게

좋은 선물해보기.

하나뿐인 딸

남부럽지 않게 키우기.

·

·

·

·

·

죽을 만큼 열심히 하면, 나도 가능한 겁니까…?

웃프다….(40대 중반 남자)
↳ **구라임Say** 이건 그냥 슬픈 거예요. ㅠㅠ 우리 모두 파이팅~

남을 위해 살지 마세요. 인생은 자기 자신을 위해 살아야 합니다.
↳ **구라임Say** 우리 가족이 말합니다. "우리가 남이가?"

끄적끄적 한마디
어쨌거나 우린 모두 미생.

❟보물

나이가 들며

더욱 소중해지는 것들이 있다.

존경하는 부모님,

처가 식구들,

사랑하는 와이프,

정말 눈에 넣어도 아프지 않을 우리 딸.

그리고

.

.

.

.

.

남성호르몬이 많을수록 대머리라는데…. 그래서 대머리가 정력이 세다는 속설도 있음. 파이팅!

↳ **구라임Say** 음………. 와이프한테 물어보겠습니다.

🧑 산후탈모도 만만치 않음.

↳ **구라임Say** 자나 깨나 탈모 조심~

끄적끄적 한마디
네 머리 아니라고 쉽게 웃지 마세요. 매우 슬프고 진지한 이야기입니다.

〝 인터스텔라

천재 감독 크리스토퍼 놀란 연출.

천만 명이 감탄한 흥행률 1위의 영화.

물리학,

우주,

블랙홀,

상대성 이론.

이 영화를 간단히 요약하자면

.

.

.

.

.

교훈! 딸이 하는 말을 잘 듣자~

↳ **구라임Say** 그것도 맞네. ㅋㅋ

딱 맞고만. 제대로 해석하셨어요. ㅋㅋㅋㅋ 영화 보고 깜놀!

↳ **구라임Say** 아빠들은 다 딸바보라지만 십수 년 영상편지 보낸 아들 생사는
물어보지도 않는 그런 아버지가 주인공….

끄적끄적 한마디
딸바보 아빠 이해합니다.

눈에는 눈, 이에는 이

받은 만큼 돌려주는 냉혹한 사회.

한 가정의 가장인 나.

나도 예외일 수는 없다.

받은 만큼 돌려주는 것이 이치!

.

.

.

.

.

결혼식 때, 3만원 내고 와이프에 애 둘까지 데리고 온 상사도 있었음. ㅋㅋㅋ

↳ **구라임Say** 헐! 너무 했네~ 너무 했어~

난 완전 공감함. 당해보지 않은 사람들은 모름…. 물론 물가는 반영해야지요.

↳ **구라임Say** 그러네요. 물가는 미친 듯이 오르니까.

끄적끄적 한마디

속물이라 해도 어쩔 수 없다. 눈에는 눈. 고민하지 말고 받은 만큼 돌려주자.

주말 데이트

오늘은 화창한 주말~

늘 고생하는 와이프를 위해

그녀에게 데이트 신청.

이것저것 구경도 하고,

맛있는 것도 먹고,

쇼핑도 해야지!~

 "어디 가려고?" (두근두근)

.

.

.

.

.

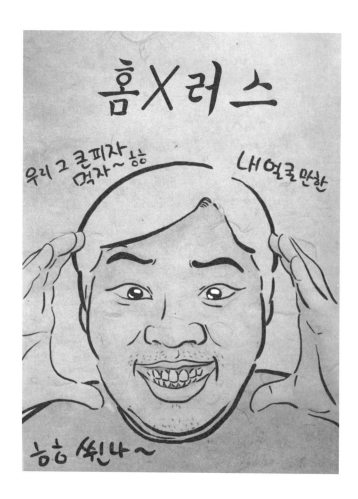

아이가 더 크면 L마트 토이X러스를 가게 되죠.
↳ **구라임Say** 거기는 아빠가 더 신나는 곳~ 장난감 구경 재미남!

몇 년 만에 얻은 짧은 휴가. 어디를 갈까 고민하다 코X트코로…. 여보~ 힘내!!~
↳ **구라임Say** 코X트코는 스페셜 데이트죠!

끄적끄적 한마디
살아보면 알아. 마트 나들이가 얼마나 소중한지….

225

헐

와이프~

나 오늘 야근 안 하고 빨리 집에 갈게.

오랜만에 집밥 먹어야지~

 "아니!! 회사에서 저녁은 먹고 집에는 일찍 오도록 해~"

.

.

.

.

.

밥은 어디서 먹을 데 있으면 먹고 오고, 빨리 집에 와서 애기랑 놀아줘.
↳ **구라임Say** 회사에서 밥 먹으면 야근해야 해요.

술자리는 하지 말고, 집에 일찍 들어오라는 거죠.
↳ **구라임Say** 근데 그게 또 쉽진 않아요. ㅠㅠ

끄적끄적 한마디
저녁 먹었으면 야근해라! -사장-

˥ 스타일

호랑이한테 물려가도 정신을 차리면 살고

결혼을 하고, 세월이 흘러 애 아빠가

되었다고 할지라도

자신만의 스타일을 차려야 산다.

난 아직 유행에 뒤처지는 아저씨가 될 준비가 되지 않았다!

 "투블럭 리젠트 컷으로 해주세요!"

.

.

.

.

.

어우~ 집에서 보던 비주얼이 여기에 ㅋㅋㅋㅋ

↳ **구라임Say** 남편 분 상심이 클 테니, 잘 다독여주세요.

새로운 머리 스타일, 새롭지 않은 얼굴 ㅎㅎ

↳ **구라임Say** 남자는 머리빨~ 아닌가 봐. ㅠㅠ

끄적끄적 한마디

알고 있지? 머리스타일은 문제가 아니다. 늘 문제는 다른 곳에 있다.

🖊 잔소리

 "남편~ 라면 먹지 마! 살쪄!"

 "먹고 바로 누우면 살쪄! 얼른 일어나."

 "살찌면 건강에 얼마나 나쁜지 알아? 어쩌고저쩌고~"

난 다 알고 있다.

사랑하니깐 잔소리한다는 거.

이게 다 사랑의 잔소리란 거.

.

.

.

.

.

와이프한테 잘하세요.

↳ **구라임Say** You Too.

👤 이 말을 와이프한테 현실에서 하시면 어찌되나요?

↳ **구라임Say** 여러 대 맞을 각오를 해야겠지요….

—

끄적끄적 한마디
와이프 말만 잘 들어도 아플 일은 없을 것 같다. 아마도….

❞ 아내의 외출

오랜만에 조금은 진한 화장,

30분 걸린 고데기 머리,

살짝 짧은 치마.

오늘은 와이프의 외출이 있는 날~

 "남푠~ 나 예뻐???"

.

.

.

.

.

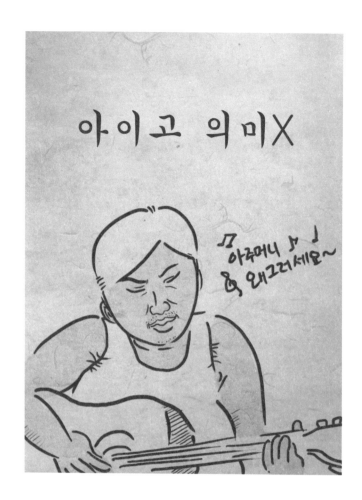

아이고 의미X

아주머니 ♪ ♪ 왜그러세요~

코미디 속 유행어를 통한 현실 풍자. ㅋㅋㅋ

↳ **구라임Say** 음…. 그렇게 심오한 의미는 없습니다.

👤 와이프가 불쌍해. ㅠㅠ

↳ **구라임Say** 제가 물어봤는데 나름 살 만하다고 합니다.

끄적끄적 한마디
와이프는 아직 아…가…씨 같아.

아내의 외출2

새로 산 코트,

아껴 쓰던 백,

붉은 립스틱,

거울 앞에서만 한 시간째.

 "남푠~ 나 아가씨 같지 않아?

오늘 콘셉트가 아가씨잖아. 호호호~"

.

.

.

.

.

군인~ㅋㅋㅋㅋㅋ. 작가님 무사하기를 바랍니다.

↳ **구라임Say** 각오하고 그…렸…습니다.

완전 내 얘기네. ㅠㅠㅋㅋㅋ 슬퍼서 남편에게 이거 공유 보냈다.

↳ **구라임Say** 아신다니…다행이지 말입니다.

끄적끄적 한마디
그래도 난 와이프가 최고~^^

〃 단발머리

 남쯘~

봄도 오고, 짧은 게 편할 거 같기도 하고~

나 단발로 자를까?

어떻게 생각해?

아줌마가 뭐 어때서?! 무시하는 거요?

　　↳ **구라임Say** 무시라뇨? 아줌마는 멋져요…. 아가씨가 더 멋질 뿐….

저도 결혼하고 슬슬 긴 머리도 귀찮아지고 단발로 자를까 싶었는데…. 괜히 뜨끔하네요. ㅋㅋ

　　↳ **구라임Say** 슬슬 시작되시는군요~

어쨌든 작가님이 이렇게 못생기지는 않았을 거 같음.

　　↳ **구라임Say** 노…코멘트~

끄적끄적 한마디
고준희, 혜리 등 예외도 있다.

⁷ 빼빼로 데이

어김없이 찾아오는 그런 날들….

크리스마스, 화이트 데이, 결혼기념일 등등.

이번 빼빼로 데이 때는 뭘 해줘야 할까?

이번에도 어김없이 고민된다.

1) 막대과자

2) 선물

3) 맛있는 저녁식사

4) 전부 다 (1+2+3)

5) 가족끼리 뭘 그런 걸~

.

.

.

.

.

남자도 받을 권리가 있다! 적극적으로 받아내자!
↳ **구라임Say** 맞아! 서로 주고받아야 함!

👤 이 날은 농업인의 날이다!!!!!!
↳ **구라임Say** 아… 농부 여러분 감사합니다~

관계정리

도대체 네가 나한테 뭘 얼마나 해줬는데?!

많이 받은 것도 없는데 뭘 돌려달라는 거야?

그만하자.

그냥 우리 없던 일로 치자.

술 마셨어? 뭘 자꾸 토하래!

.

.

.

.

.

제발 그림 머리 스타일 좀 바꿔 봐요. 뭐 70년대도 아니고. 원~

↳ **구라임Say** 음, 그럼 결국 그림이 아니라 내 머리스탈을 바꿔야 하는 거구나….

👤 없던 일로 하자. ㅋㅋ 진짜 없던 일이 됐으면 좋겠네요.

↳ **구라임Say** 생각지 못한 폭탄을 받은 느낌이랄까요?

끄적끄적 한마디
내 월급 반토막….

』 보너스

자주 있는 일은 아니다.

1년에 한 번은 가족을 위해,

와이프를 위해 가져온다.

와이프~ 드디어 나왔더라.

받아줄래?

.

.

.

.

.

우리 남편. 진짜 보너스는 숨기고 뭔가 돈 낼 때만 공유하는 거 같다….
↳ **구라임Say** 아주 가끔 '혹시나' 하는 상황이 '역시나'가 되기도 하죠. ㅎㅎ

저런 보너스라면 사절입니다~
↳ **구라임Say** 아무리 거부해도 받게 될걸?~~

끄적끄적 한마디
고통은 나누면 반이 되고 기쁨은 나만 알면 더 기쁘다.

⁊ 이심전심

내가 물냉면 먹을게.

와이프는 비빔냉면 먹어라.

난 짜장~

그니깐 와이프는 짬뽕 먹으면 안 될까?

난 불고기버거 먹을 건데

와이프는 치즈버거 시켜서 한입만 바꿔 먹자.

.

.

.

.

.

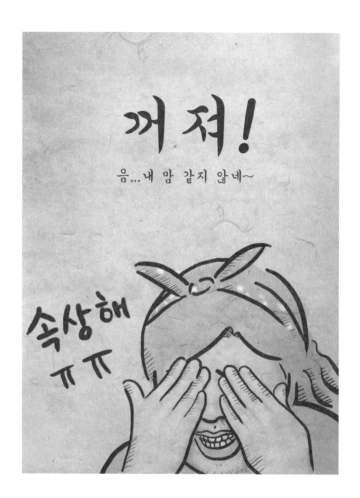

울 아들이 나한테 저러는데…. ㅋㅋㅋ 엄마들은 다 들어주나?

↳ **구라임Say** 아들이 하면 들어주고 남편이 하면 불같이 화를 내죠….

"짜장하고 짬뽕 중에 뭐 먹고 싶어? 내가 다른 거 시킬게"라고 말하시면
원하시는 대로 될 듯?

↳ **구라임Say** 음…한수 배웠습니다. 그런데 볶음밥 먹는다고 하면 어쩌죠?

끄적끄적 한마디
와이프는 짬뽕 먹었으면 좋겠다~

,라면

 "와이프~ 나 라면 먹을 건데 먹을 거야?"

 "아니. 나 배불러. 안 먹어. 그리고 라면 좀 먹지 마. 살쪄!"

 진짜 안 먹을 거지?

 안 먹는다고!!(짜증)

5분 후

 남편~~~

.

.

.

.

.

어쩝니까? 뺏어 먹는 라면이 젤 맛난 것을요….
└→ **구라임Say** 세상에서 젤 맛있는 라면 = 뺏어 먹는 라면

👤 ㅋㅋㅋ 이 시간에 먹으면 살찐다고 뭐라고 하고는
   내가 젓가락 들라면 아쉬운 목소리로 "한입만~~~"
└→ **구라임Say** 진심으로 가족한테 화날 때 중 하나….

👤 이제는 한 명 더 늘어서 아들도 "아빠!" 하면서 젓가락 들고 덤비죠~
└→ **구라임Say** 미안하지만 이 분야에선 아들도 예외는 없다!

끄적끄적 한마디
그냥 두 개 끓이자. 언제나 예외는 없다.

7 팔불출

아이고~

맨날 와이프 자랑은~

팔불출이 따로 없고만.

"그럼 와이프가 예뻐? 딸이 예뻐?"

.

.

.

.

.

애들이 크면 딸은 엄마 편, 아들도 엄마 편. 그니까 아내한테 잘해! 내가 더 예쁘다고 해!!

↳ **구라임Say** 진짜로? 아빠 슬퍼진다. ㅜㅜ

우리 남편은 유치원 남자애한테도 질투하더라고요. 나중에 남자친구 생기면 어떨지 훤히 보임.

↳ **구라임Say** 남!자!친!구! 절대 허락 못해!!!!!!!!!!!!!!!!!ㅜㅜ

끄적끄적 한마디
와이프한테 물어봐도 똑같이 대답할 거임. 그니깐 안 미안~

, 하고 싶은 말

와이프는 나에게 말한다.

 "남편~ 요즘 너무 살쪘어. 운동 좀 해."

 "이게 집이야? 돼지우리야? 청소도 좀 하고."

 "맨날 누워서 티비만 보지 말고 애랑 좀 놀아!"

.

.

.

.

.

옆에서 조용히 있던 남편이 이거 보고 박장대소하네요. 뭐지???

↳ **구라임Say** 당신네 모습이기에….

ㅋㅋㅋㅋ 반사…. 어릴 때 누가 어떤 독설을 퍼부어도
이 마법 같은 단어 하나면 든든했죠. ㅋㅋㅋ

↳ **구라임Say** 필살기죠! 반사~

끄적끄적 한마디
그 어떤 잔소리에도 이 한마디면 상대는 당황한다. (그 이후엔 어떻게 될지 책임 못 짐.)

⁊ 슈퍼맨

혼자서 여럿을 거뜬히 상대해내는 힘과 체력!

동시에 여러 곳을 주시할 수 있는 관찰력!

아무리 힘들어도 웃어버리는 강한 정신력!

누구에게나 자상하고, 따뜻한 남자.

여성에게는 매력 만점!

그의 이름은 슈퍼맨~

그리고 남자들의 시선으로 봤을 땐

.

.

.

.

.

아 맨날 비교당하고 힘들어요….

↳ **구라임Say** 난 왠지 저걸 보고 있자면 괜스레 죄인이 된 거 같아….

볼 때마다 내 남편과 비교됨. ㅋㅋㅋㅋ

↳ **구라임Say** 예능은 예능으로 봐요. 다큐로 봤다간 싸움 남. ㅋㅋ

끄적끄적 한마디

다큐가 아닌 예능 프로입니다.

🏷 왕년 자랑 배틀

아저씨 셋이 모여 왕년 자랑을 시작한다.

아저씨1 : "나 왕년에 대기업에서 잘나갔어."

아저씨2 : "내가 왕년엔 주먹 좀 썼지~王자 복근에 몸짱이었다고."

아저씨3 : "난 말이야…."

.

.

.

.

.

난 왕년에 44사이즈 여대생이었다.

↳ **구라임Say** 유아 위너!

나도 왕년에 소녀이자 아가씨라고 불렸던 여자였다.

↳ **구라임Say** 저도 왕년엔 총각이자 오빠…그리고 자유인. 허허.

끄적끄적 한마디
이겼는데 왜 눈물이 흐를까….

』 널! 원해!

와이프의 사랑을 원해!

우리 딸의 애교를 원해!

직장에서의 인정을 원해!

하지만 지금 이 순간

난 무엇보다

널! 원해!

.

.

.

.

.

이건 뭐 전설의 동물 같은 건가요? 이야기는 많이 들었는데 본적은 없다는?

↳ **구라임Say** 그거까진 아니고 멸종위기 희귀동물 정도? 전 어렵게 하나 구했죠! ㅋㅋㅋ

👤 작가님의 정신세계와 일상이 저랑 넘 똑같아서 맨날 웃고 가요! ㅋㅋㅋㅋㅋㅋㅋㅋㅋ

↳ **구라임Say** 힘내세요. 파이팅!

끄적끄적 한마디
이 또한 한 때다.

위풍당당

응. 와이프냐?

나 오늘 좀 놀다 들어갈게.

집 청소도 좀 해놓고

빨래도 깨끗이 해놔.

요즘 와이프 너무 나태하더라.

 **"뭐라고????"**

훗~

.

.

.

.

.

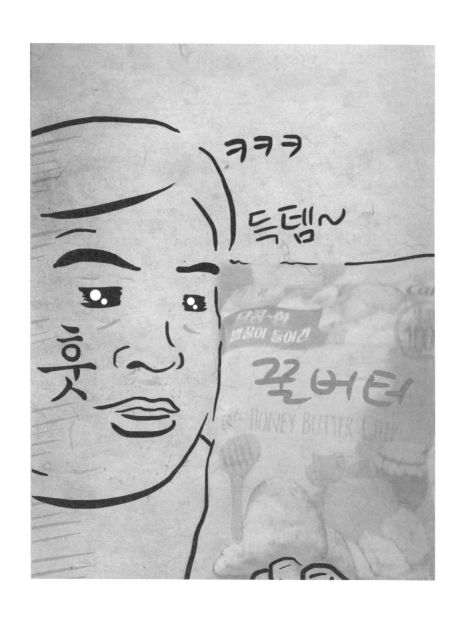

슬픈 거짓말

언제 한번 봐야지?

야야 바쁜 거 끝나면 맥주나 한잔 하자.

조만간 밥 먹자~

담엔 내가 거하게 쏜다!!

.

.

.

.

.

웃픈 얘기…. 내 이야기 같네. 아, 짠해…. ㅠㅠ
↳ **구라임Say** 이보게, 동지…. 힘내시게!

아 진짜 저렇게 애교 부리면 주던 용돈도 삭감하고 싶을 거 같음. ㅋㅋ
↳ **구라임Say** 아잉~ 그러지마요잉~

끄적끄적 한마디
유부도 가끔은 친구들과의 치맥을 쿨내 나게 쏘고 싶다.

┚ 남우주연상

30대 중반이 넘어

애 있는 유부남이 되었지만

그 어떤 세상의 비바람이 불어도

인생이란 영화 속에 주인공은 바로 나!

내가 내 인생의 주인공이다.

.

.

.

.

.

결혼하면 와이프가 다 시키는 대로 살아야 가정의 평화가 찾아오죠.

↳ **구라임Say** 가화…만사…성. (아내 말을 들으면 모든 일이 잘된다.)

남편이 그렇게 져주는 게 아내에겐 얼마나 큰 기쁨이 되는지~. 남편들이 알아야 해요.

↳ **구라임Say** 나의 기쁨은 어디 있는 거죠?

끄적끄적 한마디
와이프 말을 잘 들으면 자다가도 그냥 편히 잘 잘 수 있다.

' 티셔츠

아이고~ 와이프야.

애 키운다고 힘들지만,

집안일 한다고 힘들지만,

남편 뒷바라지 한다고 힘들지만,

왜 맨날 같은 티만 입는 거야!!ㅠㅠ

.

.

.

.

.

아 맨날 똑같은 티가 프리티라고. ㅋㅋㅋ 이해 못하는 사람들 악플 작렬~

↳ **구라임Say** 프리사이즈 옷이 아니라 예쁘다는 영단어 프리티라고요!! 오해하면 안돼영~

뷰티라고 했어야죠! 프리티를 사이즈프리로 해석해서 진짜 옷 탓하는 줄 알았잖아요. ㅋㅋㅋ

↳ **구라임Say** 다들 뭔가 분명 찔렸나 보다⋯. 소재 제보 감솨~.

끄적끄적 한마디

난 짐스러워⋯. 멋짐. 아하하하~

ㄱ 티내지마

와이프~

제발! 티 좀 내지마.

남들이 다 처다보잖아.

아휴~

티 좀 내지 말라고~

어쩜 그렇게 티가 나냐?!

.

.

.

.

.

오늘따라 필명이 눈에 확 들어옵니다. ㅋㅋㅋ
↳ **구라임Say** 다시 한 번 필명 → 구라임

👤 너무 티난다. ㅋㅋㅋ 와이프라는 호칭을 가진 모든 사람들에게 보내는 아부인 거 같음~
↳ **구라임Say** 사는 게 다 그런 겁니다.

👤 와이프가 기분 좋을 만한 말씀을 어쩜 저리 잘하시는지 ㅋㅋㅋ. '푸핫' 하고 가요.
↳ **구라임Say** 난 짐스러워! 정말 멋짐이야~

끄적끄적 한마디
가끔은 이런 것도 필요한 거죠.

❞ 닮고 싶은 부부

결혼생활 4년차.

영화처럼 멋진 부부를 꿈꿔본다.

브래드 피트♡안젤리나 졸리.

장동건♡고소영.

원빈♡이나영.

그중 정말 닮고 싶은 영화 속 부부는

.

.

.

.

.

닮고 싶습니다.

냉장고에 붙인
우리 집
부부싸움
방지 부적!
(영화 못 보셨다면 꼭 보세요~~)

마치며…

냉장고에 10일 또는 100일 기간을 정해서
폴라로이드 사진을 찍으면
가족에 대한 사랑이 하루에도 열 번씩 UP!

하루가 다르고 한 달이 다르다.

힘들다고 푸념하곤 하지만

지금이 가장 행복한 시간이라는 사실을

너무나 잘 알고 있다.

쓰고 보니 와이프 디스(?) 하는 내용이 많은 것 같지만

진심으로 늘 고맙고 사랑해. 와이프~

그리고 딸.

넌 우주에서 젤 예뻐♡

이 책은 스토리볼의 댓글을 일부 참고하였습니다.
유쾌하고 재미난 댓글들을 보며 더욱 즐겁게 작업할 수 있었습니다.
이 자리를 통해 관심 가져주신 분들께 다시 감사 말씀 전합니다.

아기가
타고
있어요

깨알 부록

요건 몰랐지?
앙~

**엄마 아빠를 위한
유부일기 캐릭터 팬시**

캐릭터 팬시 소개, 사용법

01 건망증, 깜빡임 방지용 '어머! 메모지'

오려서 냉장고에 붙여놓고, '**어머! 깜빡했네!**'라고
말할 만한 것들을 간단히 적어놓는다.

02 '여기까지 보셨어요!' 책갈피

가위로 선을 따라 오린 후, 앞뒤 모두
순덕이 머리 안쪽 부위만 풀칠을 하여 붙이면 책갈피 완성!

03 '노크해 주세요' 알림판

칼 또는 가위로 오린 후
자석이나 테이프를 이용하여
현관문에 붙이면 끝!~

04 '아기가 타고 있어요' 알림판

칼 또는 가위로 오린 후 흡착고무
또는 테이프 등을 이용하여 차 뒤에 느낌 있게 붙여준다.

05 가족 명언 (자녀/육아, 사랑/행복)

쭉 보고 맘에 드는 명언을 오려서 눈에 띄는 곳에 붙여둔다.
심심할 때마다 소리 내어 읽어본다.

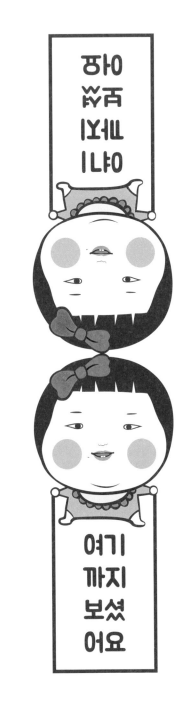

아기가 타고 있어요

이럇!

용아ㅅ

기나

아기야 태지

: 자녀/육아 명언 1 :

소풍은 우리가 아이의 눈을 통해
느낄 수 있을 때 훨씬 더 즐겁다.

– 라와나 블랙웰 –

부모란 자녀에게 사소한 것을 주어
아이가 행복을 느끼도록
만들어진 존재다.

– 오그든 내쉬 –

어머니는 의지할 대상이 아니라
의지할 필요가 없는 사람으로
만들어주는 이다.

– 도로시 피셔 –

: 자녀/육아 명언 2 :

사랑은 자신과 가장 가까운 사람,
가족을 돌보는 것에서부터 시작된다.

- 마더 테레사 -

우리는 부모가 됐을 때야 비로소
부모가 베푸는 사랑의 고마움이
어떤 것인지 절실히 깨달을 수 있다.

- 헨리 워드 비처 -

자식은 우리에게서 얻어간 만큼 베푼다.
이 과정에서 우리는 더 깊게 느끼고
질문하고 상처받으며, 사랑하게 된다.

- 소니아 타잇츠 -

: 사랑/행복 명언 1 :

이 세상에 태어나서
우리가 경험하는 가장 멋진 일은
가족의 사랑을 배우는 것이다.

– 라와나 블랙웰 –

행복해야 할 시간은 지금이다.
행복을 즐겨야 할 장소는 여기다.

– 로버트 인젠솔 –

행복한 결혼생활에서 중요한 것은
서로 얼마나 잘 맞는가보다
다른 점을 어떻게 잘 다루는가이다.

– 레프 톨스토이 –

: 사랑/행복 명언 2 :

사랑이란 서로 마주보는 것이 아니라
둘이서 같은 방향을 보는 것이라고
인생은 우리에게 가르쳐 주었다.

- 생텍쥐페리 -

행복한 결혼에는 애정 위에
언젠가 아름다운 우정이
접목되기 마련이다.

- 앙드레 모루아 -

행복은 입맞춤과 같다.
자신의 행복을 얻기 위해서는
누군가에게 행복을 주어야만 한다.

- 디어도어 루빈 -